水田 陽

［イラスト］黒井ススム

OOL=PARABELLUM

ス
ールパラベラム

傭兵クハラは如何にして
学園一の劣等生を謳歌するようになったか

AKIRA MIZUTA
& SUSUMU KUROI
PRESENTS

SCHOOL=PARABELLUM

AKIRA MIZUTA & SUSUMU KUROI PRESENTS

{TIPS}

Si vis pacem para bellum.

五才星学園

[ございせいがくえん]

特別研究学園都市・五才星市の中心的役割を果たす、一点特化型の天才を育成することを目的とした学校法人。学内に設置された五つの学部はそれぞれ独自の理念やカリキュラムを持つ。あらゆる最先端設備を整えており、『才ある若者の楽園』とも呼ばれるこの学園において学べないものはないと言われている。

＜学部＞

学問の塔	[アカデミア]
運動の砦	[ストレングス]
芸能の庵	[カルチュア]
政治の城	[キングダム]
商売の館	[トレーダー]

スクール＝パラベラム

SCHOOL=PARABELLUM

最強の傭兵クハラは如何にして
学園一の劣等生を
謳歌するようになったか

水田 陽
[イラスト]
黒井ススム

AKIRA MIZUTA
& SUSUMU KUROI
PRESENTS

001

SCHOOL=PARABELLUM

何よりもまず先に、俺がいかなる人間であるかを説明しよう。

久原《くはら》京《きよう》四郎《しろう》、日系アメリカ人の一八歳。身長一八六センチメートル。体重八九キログラム。元SEALS隊員・久原京三郎《きようざぶろう》を父に持ち、幼少期から運動と勉学の高度な指導を受ける。一〇歳で父が役員を務める民間軍事会社《PMC》ホワイト・ファルコンの特別養成プログラムを受講。五つの軍事演習、四つの学科試験において歴代最高成績を収め、カリキュラムを一二歳で早期卒業する。

卒業後はホワイト・ファルコンの特別社員候補生として入社。実地での警備や後方支援を行う傍ら、地域防犯セミナーや季節行事にも積極的に参加し、近隣住民と親しく交流する。また社内クラブではバイオリンコンクール金賞、MMA選手権（当時はバンダム級）優勝、論理パズルコンテスト総合成績一位など、数多《あまた》の輝かしい功績を遺す。

その後、一五歳で同社の正式な社員として武装警備隊に配属。活動範囲を国外にまで広げ、要人警護、暴動鎮圧、犯罪組織弾圧に従事し、優秀社員賞を見事に受賞。

昨年、ヴェネツィアにおける若き女性社長（未亡人）の警護任務において、スペクタクルの果てに警護対象と一大ロマンスを繰り広げるも、一夜の関係には至らず終わる。


これが、久原京四郎の来歴だ。

あまりにも——あまりにも順風満帆な、一八年の栄《は》えある我が人生。

いずれは父の後を追って米軍特殊部隊《SEALs》に入隊し、国防の要《かなめ》を担うだろうと誰もが信じて疑わなかった俺の道行きは、しかし、ここにきて少しだけ意外な展開を迎える。


「——久原……久原京四郎！　お前はどうしてそう、俺たちの想像を易々《やすやす》と超えるのだ！」


——学校法人・私立五才星学園《ごさいせいがくえん》。

遥《はる》か太平洋を越えた日本の高等学校へと、久原京四郎は入学することになったのだ。

才能に恵まれ、それに甘んずることなく精進《しょうじん》を重ねる、若き天才たちの楽園。

まさに久原京四郎のためにこそ作られた学び舎《まなや》だと、俺を含めた誰もがそう思った。

鳴りやまぬ人々の声援に見送られ、万能の天才・久原京四郎はレンガと鉄の門をくぐった。

青春の日々は瞬《まばた》きの間《ま》に過ぎ去っていく。まさしく光陰矢の如《ごと》し。

入学して早三か月。久原京四郎は、そのほとばしる才能を遺憾なく発揮し——。

「──久原《くはら》……久原！　久原京四郎《きょうしろう》！　学園史上最低の落ちこぼれめ！　この素晴らしい学園で、そして何より俺の授業中にいびきをかくとはどういう了見だ、この馬鹿者が！」

──腐っていた。


それはもう腐っていた。

学習机の上に放り投げられた我が頭。

そこへ切り傷のように開いた唇の隙間からは一筋の涎《よだれ》が垂れている。

「起きろ、このろくでなし！　居眠りは減点対象だと、いったい何度言ったらわかるんだ！」

「……生徒が覚えるまで教えるのが教師の仕事、まったく厳しい現場ですなあ」

欠伸《あくび》をしながら顔を上げると、本間《ほんま》教授は禿《は》げ頭《あたま》を赤くしながらこちらを睨《にら》んでいた。

生徒を叱り追い出すことはあれど、次の授業はきちんと受けさせてくれるいい先生である。

「お前のような奴《やつ》がさっさと学んでくれれば、俺の仕事も少しは楽になるんだがな」

「それよりも、もっと楽になる方法がありますよ？」

「……なんだ、言ってみろ」

「そろそろ引退なされたらどうです？　教授も来年で喜寿《きじゅ》でしょうに、そんなに怒鳴ってばかりいると、また倒れて病院送りですよ？」

喉の限界に挑まんとする教授の怒鳴り声は五つの教室を股にかけ、およそ一二〇人の学生の内、耳を塞《ふさ》ぐことが間に合ったのは結果として俺一人だった。

声が止《や》んだあとに教室から追い出されたのも、当然ながら俺一人だった。


――私立五才星学園《ごさいせいがくえん》。才ある若者の楽園にして、あらゆる成長が待ち受ける場所。

この学園分厚いパンフレットのはじまりには、そんな文言《もんごん》が記されている。

自信に満ち溢《あふ》れたそのコピーを支えるのは、五才星市《ごさいせいし》に集まる研究機関や営利企業。ゆうに千を超える団体が、未来の天才を青田買いするために出資や技術提供を行っている。

世界中の若き才能を呼び集め、そこに可能な限りの栄養を与えることで、各分野に変革をもたらすほどの天才を養成する。そんな途方もない思惑が、この学園を生み出したのだ。


七月の太陽は高く、空調機があるとはいえ涼しいとは思えない校舎棟の廊下を、俺は日陰の場所を選びながら歩いていた。

校舎棟の出口へ向かう途中、蛍光灯の汗ばむような光を浴びながら階段を下り切ったところで、白衣を着た二人の一般生徒とすれ違う。後ろから舌打ちが聞こえる。

というよりもこの場合は、聞こえるように舌打ちをされた、というのが正しいだろう。

彼らはおそらく、久原京四郎という男がろくでもない劣等生であることを知っているのだ。

勤勉であることが望まれるこの学園において久原京四郎《くはらきようしろう》は遅刻・早退・欠席を繰り返し、学力テストの成果も振るわない出来損ないなのだと、彼らは見下している。

——うむうむ、それもいい。

若者には間違いを犯す権利があり、それを許されることが、若さというものの特権だろう。ただ一つの例外をあげるとするならば、俺のように卓越した存在だ。

ノブレスオブリージュ。力ある者には相応の責任が求められる。

常に正解を選ぶことを責務とし、間違っても落ちぶれることなどは許されない。

——ならばなぜ、俺はこんな有様なのか？　まったく、当然の疑問だろうな。

であれば、ぜひ聞いていただきたい。この一八歳の将来有望な男の悩みを。

文武両道にして話し上手の聞き上手、才気煥発《さいきかんぱつ》という名のジャケットをなんとも優雅に着こなす伊達男《だておとこ》、久原京四郎にも悩みはある。しかし、それを共有できる相手はなかなかいない。

世の中にはマイノリティと呼ばれる人々がいる。

性のあり方や宗教、文化の違いなど、周囲の無理解に苦しみながらも毎日を懸命に生きている少数派の人々が、世の中には存在する。

そしてこの俺もまた、コミュニティや文化との不和もない極めて裕福な家庭で生まれ育ち、人智を超える知性と肉体に恵まれた完全無欠の男、すなわちマイノリティだ。

マイノリティというか、もはやオンリーワンだ。

世界でただ一人の孤独を味わう男、こんな俺の悩みを誰が知る?

人は誰もが、自分だけの靴の底を擦り減らしながら、自分だけの道を歩いていく。

当人にとってその道のりがいかに困難であるかということは、他の人には伝わらない。

――だからこそ、アスファルトでぴかぴかに舗装された道を高級ハイテクスニーカーで歩く俺の辛《つら》さもまた、やはり俺にしかわからないのだろう。

……なんだろうな、本質的には結構まともなことを言っているはずなのに、すごく嫌味な奴《やつ》だと思われている気がする。けだし、コミュニケーションとは難しいものだ。

さておき、なぜ俺がこのような醜態をさらしているのか、という話に戻るとしよう。

全ての悩みは今から三か月ほど前、俺が海外での任務を終え、米国のホワイト・ファルコン本社に戻った時に始まった。

＊＊＊

「――休暇をいただきたい」

赤道直下の島国における人質解放任務を終えた俺は、空港からそのままヘリコプターに乗り、ロサンゼルスにあるホワイト・ファルコン本社内、第四武装警備隊レイザーバックの隊長、つまりは我が直属の上司であるディーン・デヴィッドソンのデスクへ向かった。

強化ガラス扉を払いのけるように乱暴な動作で開けると、リクライニングチェアにゆるりと座っていたディーンが笑顔を向けてくる。

その手にはゲームのコントローラー。両耳はヘッドセットで塞《ふさ》がれている。

……こいつ、勤務時間中にＦＰＳ《シューテイングゲーム》していやがる。銃は仕事で撃て。遊ぶな。

「休暇をいただきたい」ディーンがヘッドセットを外してから、俺は再び同じ言葉を放つ。

「おかえり京四郎《きようしろう》！　ご苦労だったね。さあかけたまえ。受付のイライザ嬢からサンドイッチはもらったかね？　彼女の手作りで、たっぷりのマヨネーズが絶品だぞ？」

大げさな身振り手振りを交えながら、いかにも楽しそうにディーンは言う。

しかし、ここで彼の雑談に乗ってはいけない。

「今日という今日は、はぐらかされるわけにもいきません。これからしばらくの間、俺は任務に従事する気はありませんので」

「そう怖い顔をするな、かけたまえ」

ディーンが自分の向かいにある椅子《いす》を手で指し示す。

俺は少しばかり立ったままで抵抗の意を表明したが、ディーンはこちらを見つめながら眉だけを器用に上げて、座らない限り話をするつもりはないと言外に告げてきた。

根負けした俺が椅子に座ると、ディーンは表情を満足げなものに切り替えて、デスクの引き出しから書類の束が挟まった厚いファイルを一つ取り出した。

「京四郎、君は以前にも休暇を申請しているね。前回は、ほお、ひと月前だ」

「ええ、隊長にご用意いただいた飛行機に議論の余地もなく乗せられて、空港へ降りると同時にガイドを名乗る現地警察に身柄を拘束されたあげく、反政府ゲリラを相手にした掃討作戦に参加させられました。とどめの人質解放任務を終えたのが現地時間で昨日のこととなります」

「なるほど、それは災難だった」

「まったくですな」

「その前は……なんと三か月前にも、君は同様の申請を出している。その時は十分な期間の休暇を認めたと、このファイルには書かれているね」

「陸海空軍の新人が毎朝ホテルのドアをこじ開けに来て、電波の届かない場所で夜通し行われる軍事演習の指導を数か月も強いられることを仮に休暇と呼ぶなら、そうなのでしょう」

言葉と共に恨みのこもった視線をどれだけ投げつけようと、ディーンは顔色一つ変えず、それを口笛交じりに避《よ》けていく。

一五歳で武装警備隊に入った俺の生活は、つまるところ、このやりとりの連続だった。

厳しい任務を終え、帰れば休暇を申請し、それでもなかば強制的に仕事をさせられる。

この男を病院送りにすれば少しの間はゆっくりできるだろうと襲撃を画策してみたこともあるが、いかんせんディーンは腕の立つ男で、この俺をしてなお成功には至らなかった。

……いやまあ、たぶん本気出せばいけたけどね？　仮にも身内を相手に本気出すのも違うというか、俺たちがガチでやりあったら母国がヤバいっていうか、そういう感じのあれだから。

「なるほど、君の言うことはわかった。しかし、だ」ディーンは顔を上げた。「私は君の父、京三郎《きょうざぶろう》から君の指導を託されている。彼の許可もなしに休暇を認めることはできないね」

あからさまな優しい声色《こわいろ》を作りながらディーンは言う。もっともらしい理屈で話を収めようとしているのだろうが、この男がそう言ってくることは俺にとって予想の範疇《はんちゅう》でしかない。

「では父をここへ呼んでください。直談判《じかだんぱん》します」

「……仮にも上司である私に、君は酷なことを言う。私に彼を呼べと？　京三郎を？」

「ええ、ぜひとも」

「君も知ってのとおり、京三郎は我が社の取締役員であり、かつては戦場の支配者と恐れられた男だ。多忙な彼に時間を割かせるのなら、君にも相応の誠意と覚悟が必要になるよ？」

「役員だろうが支配者だろうが、父と子です。俺にはあの男に文句を言う権利がある」

そう言いながら、俺はディーンのデスクの上にある内線電話を指さす。

それを見て、ディーンは重いため息をついた。

「……もう一度だけ聞こう。本当に呼ぶんだね？　ここへ、あの恐ろしい、久原《くはら》京三郎を」

「——はい、よろしくお願いします」

それを聞いて、ディーンは額に皺《しわ》をよせながら受話器を取り、内線のボタンを押した。

「おかえり、愛する我が息子よ！　受付のイライザ嬢からサンドイッチはもらったかね？　母さんのサンドイッチには負けるが、尻のハリは彼女の方が一枚上手だぞぅ！」

久原京三郎がやってきた。すぐにきた。内線を切ってから二〇秒ほどで。ヒマか。働け。

ディーンが明け渡したリクライニングチェアにどっしりと腰かけて、父・京三郎は顎に生やした髭《ひげ》を撫《な》でた。

「もう家には顔を出したか？　母さんが顔を見たがっていたぞ」京三郎が言う。

「休みをもらえば、いくらでも顔を見せられる」俺は言い返す。

「自慢の息子だから、どれだけキスをしても足りんだろうね！」ディーンが口を挟む。

そして二人は大げさに笑い出すも、俺はけして笑わない。

「親父《おやじ》、俺が言いたいことはたった一つだ。さっさと休暇を——」

「母さんにはな、いつも叱られているんだ」

俺の言葉を遮るように京三郎は言った。

「ここの養成プログラムで一通りの勉強やスポーツは学ばせたが、母さんはお前を普通の学校に通わせたがっていた。私はお前の才能を生かす最良の選択をしたと思っているがね」

「わかるよ、京三郎《きょうざぶろう》。子育てというのは、何が正解かわからないものだ」ディーンが言う。

二人は揃《そろ》って眉を下げ、憂鬱《ゆううつ》な表情を浮かべた。

京三郎の言うとおり、俺は一般的な学校というものに通ったことがない。

教育は全て京三郎が用意したものか、あるいはホワイト・ファルコンによるカリキュラムを受けてきた。俺に同年代の友人はおらず、流行りの遊びも知らない。

まあ、それを寂しいと思ったことも特にないのだが。

俺の才能は学校という狭い箱には収まらないと、六歳の時には確信していた。

……我ながら嫌な子どもだったなあ。でも、事実は事実だからなあ。

「愛する妻には私も弱い。だからお前に黙って、こんなものを用意していたんだ」

そう言って、京三郎は手に持ったバインダーを差し出してきた。

《私立五才星学園《ごさいせいがくえん》　入学案内》

「……どういうことだ？　なぜこんなものを」

「親心というものだよ、礼なら母さんに言え。米国《こちら》のハイスクールとも、日本《あちら》の一般的な高等学校とも、教育方針やカリキュラムは大きく違うが、正しく認可を受けた教育機関だ」

京三郎はポケットから取り出した煙草《たばこ》を唇の端に咥《くわ》えて火をつけた。

大きく開かれた口から溢《あふ》れるように煙が上っていく。

――親心、そんなものを、少なくともこの父親から感じたことはなかった。

俺が高度な教育を受けたのは、親子としてではなく、傭兵《ようへい》としての関係を彼が優先してのことだった。スポーツも勉学も、ただそれが実戦に役立つから教え込まれた。やりたくてやったことも、やらせたいからやらせたことも、俺と京三郎の間にはひとつもない。

パンフレットを開くと、学生たちが楽しげに校内で授業を受けている写真が並んでいた。

他愛のない学生生活、俺が過ごしてきた時間と比べれば、浪費と呼んでも差し支えない時間の過ごし方を、写真に写る少年少女はなんとも幸せそうな顔で受け入れている。

それはまさしく、俺の知らない生き方だった。

「その学校にはな、お前と同じ年頃の、ありとあらゆる才能を持った若者がやってくるんだ。才ある若者の楽園と、彼らは呼んでいるらしい」

「まさしく俺のためにあるような学校じゃないか」

「……我が息子ながら、嫌な性格だなあ」

俺も同じように思うけれど、やっぱり事実は事実だから……。

さらにページをめくると、私立五才星学園の説明が書かれている。

特別研究学園都市・五才星《ごさいせいし》市の本丸とも呼ぶべきこの学園に入る生徒は、入学の際、その才能に応じて五つの学部に分けられる。

一つ、学問の塔・アカデミア。

一つ、運動の砦《とりで》・ストレングス。

一つ、芸能の庵《いおり》・カルチュア。

一つ、政治の城・キングダム。

一つ、商売の館・トレーダー。


生徒はそれぞれの技能をもとに学部を選択し、自身と同等、あるいはそれを上回る天才たちと切磋琢磨《せっさたくま》し、己の才能の限り、その能力を高めていく。

つまり五才星学園《ごさいせいがくえん》とは、一点特化型の天才を育成するために作られた学《まな》び舎《や》なのだ。

「なんということだ……。これでは万能の天才たる俺の入るべき学部がないではないか……」

「育て方を間違えたかなあ……」

五つの学部は独自のカリキュラムを持ち、競技種目や専攻科目に応じたあらゆる最新の設備を整えている。五才星学園において学べないもの、鍛えられないものはないのだと、パンフレットは自信たっぷりに語っていた。

「――京四郎《きょうしろう》」京三郎《きょうざぶろう》が俺の名前を呼ぶ。そこにあるのは、父親の顔だった。

「お前にとっては幸か不幸か、私はお前を優れた人間に育てることには成功した。しかしそれは、結果としてお前から青春を奪うことにもなってしまった。今からごく普通の学校に通っても、お前の優秀さは、お前自身を青春から遠ざけてしまうかもしれない」

京三郎は短くなった煙草《たばこ》を灰皿に押しつけた。

小さな火種を潰すその様子は、彼自身の後悔を揉《も》み消しているようにも見えた。

「けれど、そこならば、お前と同じような優れた人間がいるかもしれない。気持ちや感性を分かち合える相手、友達ができるかもしれないんだよ」

友達――その言葉は、ほんの少しだけ胸に刺さった。

同じ年頃、同じ目線で笑い合える相手が、ここならば見つかるのかもしれない。

「――でも親父《おやじ》、俺は今年で一八だ。大学ならまだしも、高校というのは、少し遅すぎたよ」

「だからこそ高校なのだ、京四郎」

京三郎はこちらの思いをかき消すように、子どもさながらの顔で笑った。

そうだ、時々この男はこんな顔をする。まだ十代の俺よりも、よほど純粋無垢《じゆんすいむく》な表情を。

「青春を取り戻せ。築き上げたその力を、自分のために使っていい時間がやってきたんだよ」

――思わず、言葉が詰まった。青春という言葉は俺の耳に、それほど輝いて聞こえた。

京三郎に何を言うべきかわからず、俺は顔を伏せてパンフレットのページをめくった。

開いたページの隙間から、一枚のコピー用紙が滑り落ちる。

太ももの上に乗ったその用紙へ、俺はやり場のない視線を落とした。

《私立五才星学園《ごさいせいがくえん》における長期潜入および鎮圧任務　対象者：久原《くはら》京《きょう》四郎《しろう》》

「おっと、関係ない用紙が紛れ込んでいたようだ。それはこちらで預かろう、我が息子よ」

「この流れでよく父親面《ちちおやづら》できるな。その分厚い面《つら》の皮ってどこで売ってんの？」

京三郎《きょうざぶろう》が目線を逸《そ》らす。横で立っているディーンもまたそっぽを向いた。

「おいこら親父《おやじ》、こっち見ながらさっきの青春のくだり、もういっぺん言ってみろや」

「違うんだ、その紙はあれ、あの、歌詞カード的なものだから」

「じゃあテンポよく歌ってみせろ。耳の穴かっぽじって聞いてやる」

「うるさいなあ！　もういいから黙って金稼いでこいよ！」

「てめえ、いよいよ本性を現しやがったな！」

「仕方ないだろう!?　日本の高校に潜入しても違和感なくて、なおかつどんな過酷な状況下でも一人で対応できる人材なんて、お前以外にいるわけないの！　適材適所なの！」

もはや取り繕う様子さえも見せない。何が親心だ。

一瞬でも信じそうになった自分を呪ってやりたい。

「……というか、過酷な状況ってどういうことだ。システムは変わってるけど、一応は正し

く認可を受けた普通の高等学校なんじゃないのか」

「そこの研究学園都市な、色んな団体が出資しまくった結果、利権とか派閥とかでドロドロになっちゃって、スパイやら破壊工作が横行してるんだってさ。高校なのに、笑えるだろ？」

「頭抱えるわ。そもそも現地の警察は何をやってるんだ」

「五才星市《ごさいせいし》の警察署長を調べてみたら、二年前に不倫相手の名義でマンション買ってたぞ」

「確実に裏金食ってんじゃねえか」

それにしても、なんという親だ。

おおかた、この仕事に俺を送り出せば、学校に通わせたかったという母さんの願いも叶《かな》えられつつ、金を稼ぐこともできて一石二鳥だとでも思っていたのだろう。

この会社にいるのはこういう人間なのだ。目的のためなら人情や家族愛を使って息子を騙《だま》すことさえもまるで躊躇《ためら》わない、最悪の実用主義者の集まり。別名・クズども。

しかし、俺も無策でここへ来たというわけではない。

「……親父《おやじ》、これが何かわかるか？」

そう言って、俺はポケットから先端に太い握りのついた棒を取り出してデスクに置いた。

「……やってくれたなあ」京三郎《きようざぶろう》が顔を顰《しか》める。

「空港からここまで暇だったから、道中の時間つぶしにパイプ爆弾を作ってみたんだ。そいつは今、あんたがいつもピカピカに磨いているマクラーレンのボンネットに仕舞ってある」

デスクに置かれたサイドブレーキのレバーを不機嫌な表情で眺める京三郎に、ポケットから取り出したスマートフォンの画面を見せつける。そこにはパイプ爆弾の起爆スイッチが表示されていた。

こんなことをして、やりすぎだと思われるだろうか？

しかし、このくらいしなければ休暇が得られないことを、俺は過去の経験から学んでいる。

「……休暇は任務完了後にちゃんと用意する。今回は大人しく父の頼みを聞いてくれんか？」

「断る。俺は来週からアカプルコでバカンスを楽しむんだ。何も会社を辞めると言っているわけじゃない。仕事のあとは十分な休息を、という当然の権利を主張しているだけだ」

そう言うと、京三郎はあからさまに気落ちした態度を見せた。俯《うつむ》き、肩を落としている。

「……こうなってはもう、お前に無理強いをすることはできないな」

覗《のぞ》き込むように俺を見て、京三郎は言った。その瞳は完全降伏を示していた。

「じゃあ先月お前が出した損害と経費は全てお前の口座から引いておくが、構わんな？」

「あんた、いつか地獄に落ちるかもって不安にならないのか……？」

「地獄なんてもんは二十代で食べ飽きたよ、お世話さま。——さて、車両と周辺被害だけでお前の貯金が底をつくのは当然として、弾薬類の計算でいくら飛ぶかね、賭けてみるか？」

「ふざけるな！　経費はもちろん、作戦中に起きた損害ですら俺が払う謂《いわ》れはない！」

「会社が支払うのはあくまで《作戦中に生じたやむを得ない損失》で、それを認める書類に判子を押すのが役員たる俺の仕事だよ。ははっ、権力ってのはいいよなあ、京四郎《きようしろう》」

ここまでくれば、そろそろ皆様も理解できたであろう。

相手を言い負かすためなら職権乱用どんとこい。これが久原京三郎《くはらきようざぶろう》という男なのだ。

……そんなことよりも、思い出せ、先月の俺は何をした？

反政府ゲリラを相手取り、日ごろの憂さ晴らしも兼ねてアパッチ《戦闘ヘリ》でブイブイ言わせたことは記憶に新しい。……まずい、あれの修理費だけで一〇〇万ドルは確実に超える。

少なくない給与を与えられているとはいえ、あんなものを自費で払わされたら向こう十数年はただ働きさせられることが明らかだ。

「聞きたいなあ、息子よ。『パパ、僕を学校に行かせてください』って言ってみろよ、ほら」

「……お前を地獄に落とすのはこの俺だ。覚えておけよ、パパ」

「オーライ、今の言葉はお前の結婚式で流すことにしよう。交渉成立だな」

そう言って、京三郎は口笛交じりに手元の書類へ《受理確定》の判子を押した。

大きくため息をつき、うなだれたあと、失《な》くした分の空気を肺に送り込んでから、俺は顔を上げた。こうなってはもう、足掻《あが》くだけ無駄というものだ。

「……それで、いつからなんだ？」

「いつからって、何がだ」

「仕事だよ。こっちで済ませておきたい用事もあるし、スケジュールくらいは早めに――」

「今からだけど？」

「――は？」

「今から任務開始。すぐに日本へ飛んでもらう。資料は飛行機の中で確認するように」

京三郎が俺の背後にあるドアを指さした。

振り向くと、受付のイライザ嬢が俺の長期出張用のトランクを運んでくるところだった。

イライザ嬢はその手に、大きなサンドイッチを持っている。

「がんばれ息子よ、昼食は空港までの車内で食べるといい」

「……ありがたく、いただこう」

俺は執務室を出てイライザ嬢からサンドイッチを受け取り、爽《さわ》やかな笑顔を返す。

「すみませんが、あとでサンドイッチをもう一つ作っておいてください」

イライザ嬢が大変かわいらしく小首をかしげる様子を見ながら、俺は手に持ったスマートフォンを顔の高さまで上げた。

「今から始まる清掃業務で、きっと父が腹を空かせるでしょうからね」

表示されているボタンを押すと同時に、階下から耳に心地よい爆発音が鳴り響く。

爆心地は一階の駐車場。親父《おやじ》の愛するマクラーレンが鉄くずになった姿を想像しながら、俺はトランクを手にエレベーターへ向けて歩き出す。

「そっちがそう来るんなら、こっちだって考えがあるぞ、クソ親父《おやじ》。

――命令通り、青春って奴《やつ》を全力で取り戻してやろうじゃねえか……！」


日付は三月三一日。一八年間続いてきた、久原《くはら》家ではもはや当たり前となった父と子のコミュニケーションは、その日も何一つ変わることなく行われていたのだった。

＊＊＊

――いかがだったであろうか。

親の横暴に振り回される才能豊かな若者の顚末《てんまつ》、涙なしではいられないはずだ。

うん？　どうして落ちこぼれたのか、その理由が明かされていない？

――青春を取り戻せ、と親父は言った。役員たる奴の言葉とは、つまり上官命令である。

上官命令は絶対だ。そして学生らしい青春というやつに、銃や爆弾は必要あるまい。

だからこそ俺はやむを得ず、泣く泣く、不本意ながらも、この学園で起こる大きなトラブルを秘密裏に解決しろという任務を一切無視して、平凡な一般生徒として振る舞っているのだ。

京三郎《きょうざぶろう》め、肝心なところで墓穴を掘りやがった。ざまあみろ。ばーか。

……と、まあ要するに、これは俺から親父へ向けたストライキなのである。

落ちこぼれたのは、その方が会社の評判に傷がつくから。端的な嫌がらせだ。

入学の際、俺は自分が入る学部をアカデミアに決めた。

その理由は単純で、学問を専門とするアカデミアは学園で唯一、定期的な学力テストが行われる学部であり、俺の堕落ぶりをわかりやすく数字で表すことができるからだった。

もうじき行われる定期試験においても、すでに俺は過去のデータから平均点を算出し、全教科で赤点を取る準備を抜かりなく完了させている。


——我が行動の全ては、憎き父への意趣返しのために。


とはいえ、この生活も悪いものではない。

俺ほど卓越した人間になると、普通に何の気なく暮らしているだけでは堕落した生活を送ることが非常に難しい。どんな時でも自分のなすべきことを探してしまう癖が俺にはある。

けれども、今の怠惰な生活は俺にそれを許さない。勤勉であることが認められない。

だからこそ、あえてそのような生活を目指した結果、こうして学部棟を出て、あてもなく歩いているような生産性のない時間、すなわち自由を、俺は手にすることができたのだ。

葉が生い茂る緑色の桜並木が作った日陰の先を目指しても、目的の場所は一つもない。

せいぜいが、小腹も空いたし商業地区にでも行こうか、というくらいである。

「――それにしても、さすが若者の園、昼間から活気に溢《あふ》れて結構なことだ」

悠々自適な歩みを楽しんでいた俺の目には、十数名ほどの人だかりが映っていた。

「威勢だけの犬がキャンキャン吠《ほ》えんなや！」

「あァ!?　ブチ回すぞボケェ！」

うんうん、みんな元気がいいなあ。

男たちはそれぞれに睨《にら》み合い、大きな声を出して、一触即発といった雰囲気。

しかし、この学園において小さな諍《いさか》いというのは特段珍しい光景ではない。

生徒同士の悶着《もんちゃく》や学部間にはしる亀裂、争いの種はそこら中に転がっている。

というわけで、ここは颯爽《さっそう》と素通りしよう。これも大事なストライキの一環だ。


「――あ、きょうちゃんだ」


見て見ぬふりを決め込もうとする意志を折るその声は、人だかりの中心から聞こえてきた。

力の抜けた、けれども艶《つや》と奥行きのある不思議な声。

騒がしい罵声が飛び交う中にあってもなお埋もれることなく耳に届いたその声の方向へ顔をむけると、こちらを指さしている一人の少女と目が合った。

その瞬間、彼女の周囲にある光が細やかな粒子になって、ほうと輝いたような奇妙な感覚を俺は抱《いだ》かされた。

有馬風香《ありまふうか》。カルチュア所属《芸能の庵》の一年生。この学園における久原京四郎《くはらきょうしろう》の唯一の友人であり、俺が知るかぎり最も完成された美しさを持つ少女。

彼女が俺に向けて伸ばした指先の角度、少しだけ開いた唇。瞼《まぶた》の先にある長いまつ毛。風香が行う何気ない動作の一つ一つは、その全てが極めて美しい形で成り立っていた。この学園において、ある意味では俺以上に際立って特殊な存在である彼女は、その美しさゆえに本日も大人気である。

「俺たちが先に声かけてただろうが！」

「おお、小さすぎて見えんかったわ！　あっちの方も小さそうだなあ、ええ!?」

ははっ、なんだろうなあ、これ。テンション高めの握手会とかだったりしないかなあ。

「きょうちゃーん、ヘルプー」

手を口元に添えてこちらへ呼びかけてくる風香。残念ながらやっぱりトラブルらしい。しかたない。いくらストライキ中の身の上とはいえ、友人が困っているとあらば素通りするわけにもいかんだろう。久原京四郎は仁義と友愛の男なのだ。

「すまんな、ちょっと通してくれ」

風香《ふうか》を囲む一般生徒の輪に入っていく。

状況的に風香の友だちというわけではなさそうだし、お決まりのスカウトか、それともナンパか、これだけの人数だ、その両方ということもあるだろう。

「悪いね、そいつは友人なんだ、横を通るよ」

「あぁ!? なんだてめえ……うわっ！」

すれ違いざまに肩を摑《つか》もうとしてくる一般生徒Aの足を払って転ばせる。

「風香、一応確認しておくが、こいつら友だちか？」

「ううん、知らない人。声かけられた、さっき」

ポケットから結束バンドを取り出して、摑みかかってくるBとCの指を縛る。

「うわ、なにそれ」

「何って、配線とかまとめるやつ、見たことないか？」

「……持ち歩いてるの？」

「当然の備えだ。ふと街中で配線をまとめたくなった時、持ってないと困るだろう」

声を上げて殴りかかってくるDと、靴の底で蹴《け》ろうとするE。

それぞれ躱《かわ》したのち、二人の腕と脚をまとめて縛りあげる。

「痛い痛い痛い！　関節！　関節きまってる！」

「な？　こういう時に便利だろ？」

「あー、うん、おっけー」

それにしても、風香がこうした手合いに声をかけられているのはよくある事だが、今日は特に空気がバイオレンスだな。妙に殺気立っているというか、気合が入っている。

やっぱり天気がいいからかな、晴れてるとテンション上がるもんね。わかるわかる。

「それで、お前はここで何してるんだ？　これから活動か？」

「うん、仕事。……そういえばきょうちゃん、授業は？　サボり？」

「サボりじゃない。教室で寝てたら追い出されただけだ」

「あ、不良だ。だめだぞー、授業はまじめに、ね」

と、楽しく喋《しゃべ》りながら荒くれ一般生徒たちを縛り上げていく。

うわ、こいつメリケンサックなんて持ってやがる。あぶねー。

「知ってるか？　メリケンサックって米国人《アメリカじん》がつけてたからメリケンサックって言うんだぞ」

「メリケンサックって何？」

「これだ」

最後の一人に本場アメリカ仕込みの腹パンをお見舞いしたのち、男のぐったりとした右手を摑んで風香に見せてやる。

「おおー、デンジャラス」

「それで、結局こいつら誰なんだ？　勢いで縛り上げちゃったけど」

地面に倒れたまま罵声を浴びせかけてくる一般生徒諸兄を見下ろす。

「てめえ、どこの学部のもんだ！」

「顔覚えたからな！　絶対にただじゃすまさねえぞ！」

ははっ、みんな元気だなあ。うむうむ、苦しゅうない。

「さあ……なんか歩いてたら、囲まれた」

「その時に何か言ってなかったか？」

「言ってた気がする……なんだっけ」

視線を空へと向けながらこてんと首を傾《かし》げる風香《ふうか》。うむ、そんな姿も大変に可愛《かわい》らしい。

「頼むぞ、俺が傷害容疑で法廷に呼ばれたら、お前には有利な証言をしてもらわねばならん」

俺がそう言うと、何一つ頼もしさの感じられない少女は自信満々な表情を浮かべて頷《うなず》いた。

「それより、ケガ、してない？」

「一般生徒に傷を負わせるほどなまっちゃいない」

「そっちもだけど、そうじゃなくて、きょうちゃんが」

歩き出した俺のワイシャツの裾を指でつまみながら、風香は言った。

「愚問だな」

「そっか……じゃあ、よかった」

そう言いながら、風香は笑った。唇を閉じたまま。離した手を後ろに組んで。上目遣いにこちらを見つめている。それだけで、彼女の周りに虹がかかったような気さえする。

騒ぎになる前に離れるべく、俺たちは駅から遠ざかるように道を歩いた。

縛り上げた彼らについては……きっと誰かが助けてくれることを祈っておこう。

＊＊＊

五才星学園《ごさいせいがくえん》には、ありとあらゆる才能を持った人々が世界中から集まるのだという。

専門に応じた複数回の試験と面接による厳しいふるい落としに耐えた者だけが入学を許される、天才のための教育機関、それがこの五才星学園だ。

そこに集まる若者の中でも有馬《ありま》風香というこの女生徒は、ある意味でかなり特別な人物だと言えよう。

なにせ、この有馬風香という女子は驚くべきことに、一切の特技を持っていないのである。

……いや、ほんとに何もできないのよ、この子。俺も最初はびっくりした。

運動もできない、勉強も苦手、歌も踊りも人並み。

何事も楽しむ鷹揚《おうよう》さはあれど、けして向上心は伴わない。

それが有馬風香《ありまふうか》なのだ。

しかし、彼女は外見がいい。その一点において、風香は完成された天才だ。

だから彼女は絵画や写真、服飾のモデルを引き受けることで、共同制作物という成果を手に入れることができる。

……うん、まあ、実際にはボーっとしながら立っているだけなんだけど。

プロ意識とかテクニックとか、そういうのを期待してはいけない子なんです。

けして悪い子じゃないのよ？　いい子、風香ちゃんは間違いなくいい子なの。


なんにせよ、彼女は際立って優れた容姿を持っているというただそれだけで五才星学園《ごさいせいがくえん》に入ることを認められた、極めて特別な少女なのだ。

こうしている今も、風香が何気なく空を見上げるだけで、彼女の周りにある空気が澄んでいくような錯覚を俺は感じていた。

「あっつー……どうしたの？」

額の上で手を笠のようにかざしていた風香がこちらを見る。

相変わらず美人だなーと思って眺めていた、とか言ったら、今の世の中ではセクハラになるのだろうか？　まあ、そんな口説き文句を言うような甲斐性も俺にはないのだが。

「いや、なんでもない……そういえば、仕事と言っていたが、風香は今日もモデルなのか?」

「そう、なんか、絵のやつ。紗衣《さえ》ちゃんがめっちゃでっかい絵を描《か》くんだって、すごいよね」

脳の思考回路から舌までに厚手のフィルターを五枚ほど通したような、なんとも内容の薄い情報を風香は口にした。

説明をしておくと、カルチュアには定期的な成果物の提出という課題がある。

絵画、音楽、はてはアイドル活動まで、文化的であれば活動の内容は問わないが、その芸術性によってのみ成績がつけられる。努力や勤勉さは一切考慮に含まれない。

実力社会の五才星学園においてもなお、徹底に徹底を重ねた実力主義。それがカルチュア。


「きょうちゃんも見にくる? 絵、描くところ」

上目遣いのまま、風香は言った。何かを期待しているような、大きくて丸い瞳。

虹彩に反射した小さな太陽が、彼女の思いを代弁するようにこちらを照らしている。

「……いや、部外者がいたら邪魔になるだろう」

「大丈夫でしょ、たぶん。紗衣ちゃん、優しいから」

うん、おそらく根拠はないな、この感じは。

紗衣ちゃんというのは、風香をモデルにして絵を描くカルチュア生の名前だろう。

きっと紗衣ちゃんもびっくりするだろうなあ。モデルが急に身長一八六センチ体重八九キロの筋骨隆々とした大男を連れてきたら。

もう軽い事件だよ、それは。

「悪いが、これから昼飯を食いに行くところなんだ」

「え、お腹《なか》空いてるの。……ちょっと待ってね、えーと、あ、あった」

にこにこと微笑《ほほえ》みながら、風香《ふうか》はカバンから取り出したメロンパンを差し出してくる。

「はい、あげる」

そのとても可愛《かわい》い笑顔を見れば、《私はこれから昼食を取りに出かけるところなので、申し訳ありませんが見学の誘いはお断りいたします》という意思を込めた俺の言葉が正しく伝わっていないことがよくわかった。

「自分のために買ったものなんだから、それは風香が食べろよ」

「平気。買ったあとに気づいたけど、全然お腹減ってなかったから」

「……じゃあなんで買ったんだ」

「あー、なんか、いい感じだった」

あんまりライブ感で生きるのはやめた方がいいよ？　ちゃんと考えて行動しないと、いつか本当に後悔するよ？　あと、そのなぜか自慢げな表情はどこからくるの？

「いいじゃん、メロンパン。でっかいとことか、つぶつぶ、光ってるのとか」

「……そういうもんか？」

「うん、好きだから、私。でっかくて、きらきらしてるの」

耳たぶから下がったピアスが揺れて、そこからりんと鈴の音が聞こえたような気がした。

それはきっと、俺を見つめる風香の微笑みから生まれた音だった。


「——見にきてよ、きょうちゃん」


俺の手を取り、その上にメロンパンを載せながら風香は言った。

頭上の青々とした桜の葉が、風に揺られてさらさらと音を鳴らす。

その音はあまりにも無邪気で、奔放で、風香にとてもよく似合っていた。

「約束したじゃん、私の仕事、また見にきてくれるって」

「……そうだったな」

風香との出会いは三か月前、この学園に入ってからすぐのことだった。

高等学校を巡る騒動にＰＭＣを介入させる理由がわからなかった俺に、その意味を正しく理解させた、なんとも物騒な事件。風香はそれに巻き込まれた。

崩壊する化学薬品工場で、色とりどりの爆炎に包まれながら、俺は風香の手を引いていた。


——次は私が、かっこいいとこ、見せるから。

一瞬の油断も許されない危険な状況下で、そんなことを言いながら、風香《ふうか》は笑っていた。

あの事件については……あんまり思い出したくないなあ。本当に大変だったし。

風香のノリと勢いに溢《あふ》れたアクロバティックな行動が俺の心労を二倍にも三倍にもしてくれた事件の最中《さなか》、俺は確かに、彼女の仕事をいつか見学に行くと口にしていた。

「俺が見に行って、お前のためになるのか?」

「うん、きょうちゃんが見てるんだったら、がんばるからさ、めっちゃ、本気で」

「そんなにか」

「いけー、ぶちかませーって感じ」

「やる気は認めるが、働くのはお前で、俺はただの見学だからな?」

「じゃあ、ぶちかます、私が」

絵の仕事においてモデルがいったい何をぶちかますのか、という恐るべき謎については非常に疑問が残るのだが、それはそれとして。

「——なら、行かないわけにはいかないか」

久原《くはら》京《きょう》四郎《しろう》は有馬《ありま》風香に恩がある。

風香は落ちこぼれの俺に対して友だちになろうと言ってくれた唯一の人だ。

本人からすればさしたる意味合いもなかったのだろうが、そのおかげで俺は今日まで孤独の苦しみとは無縁の生活を送っている。

だとすれば、やはりこれは恩なのだ。

風香《ふうか》がそれを望むのならば、できる限りの願いは叶《かな》えてやりたいと、俺は思う。

メロンパンも貰《もら》ってしまったことだし、断る理由はなくなってしまった。

まあ断る理由はなくなっても、紗衣《さえ》ちゃんとやらへの謝罪と同情の念は残るのだが。

ごめんなさいね、紗衣ちゃん。

「じゃあ行くか。カルチュアの学部棟でやるのか？」

「今日はあそこじゃなくて、でっかい木の隣。アトリエ、紗衣ちゃんの」

空へ伸ばした風香の細くしなやかな指は、カルチュアの学部棟と寮の、ちょうど真ん中あたりへと向けられている。おそらくあのあたりに紗衣ちゃんのアトリエがあるのだろう。

その方向を見上げた時、緩やかな風が吹いた。

七月の熱気を少しだけ冷ましてくれるような、ほのかに甘い、柔らかな湿度を含んだ風。

隣で風香が羽織っていたパーカを肘まではだけさせた。ストールのようになったパーカの袖から伸びた白い手がこちらへ向けられる。

「手、つないでく？」

きれいな形をした爪の先には、淡いピンクのマニキュアが塗られている。

「……勘違いして恋に落ちるかもしれないから却下だ」

「だめかー」

遠くの空には大きななかなとこ雲があって、ずんぐりとした図体《ずうたい》を風に運ばせている。まだまだ夏は終わらないのだから、なにも焦ることはないのだよ、とでも言いたげな、ひどくゆっくりとした速さで。

アトリエ方面行きのバス停に向けて歩き出した風香の隣を並んで歩く。

授業中だからだろうか、並木道には俺と風香以外の誰もいなかった。

最近の出来事を話す風香の楽しげな横顔と、たつたつと鳴らされる彼女の足音を俺は独り占めにして、それを微笑《ほほえ》ましげに眺めるかなとこ雲に聞いてみる。

——どうだい、こんな落ちこぼれた生活も、けして悪いものではないだろう?

002

SCHOOL=PARABELLUM

「——嫌よ、出ていって。その人、アカデミア《学問の塔》で話題の落ちこぼれなんでしょう？　私の作品に落ちこぼれがうつったら大変だもの」

……エモい空気が終わるの早かったなあ。

諸行無常にもほどがあるだろう。

「待て待て、言いたいことが二つある」

「何よ、あまり口を開かないで。落ちこぼれが漏れたらどうするの」

「落ちこぼれは作品にうつったりしないというのが一つ、そしてたしかに俺は落ちこぼれだが、別に話題にはなっていないというのが二つ目だ」

「話題にもなれない落ちこぼれ、謙虚なのが美徳だとでも思っているの？　あなたのような落ちこぼれはきっと、死に花《しばな》も咲かせられずに茎と葉だけで枯れていくのでしょうね」

「なんだ？　泣くぞ？　言っておくが、俺が大泣きしたら対処に困るのはお前の方だぞ？」

今世紀で最もみっともない脅し文句を吐きながら、俺は自分より頭二つ分も背の低い少女を見下ろしていた。

塗料が至る所に付着した繋《つな》ぎの作業着で一四〇センチ台の小さな体を包んだ少女は、不信と懐疑と拒絶を絶妙なバランスで配合した瞳でこちらを見上げている。

霧島紗衣《きりしまさえ》。カルチュア所属《芸能の庵》の一年生。通称・紗衣ちゃん。


もうおわかりだと思うが、見学は大丈夫ではなかったし、紗衣ちゃんは優しくなかった。

ちなみに一応の補足をしておくと、話題の落ちこぼれというのはけしてそのような噂《うわさ》が学園中に流布しているわけではなく、風香《ふうか》がわりと詳細まで俺のことを話していたらしい。

「……ごめんなさい。私も初対面の人にあまりきつく接したくはないのだけれど、今は製作期間も大詰めだから少し疲れていて、いつもよりぴりぴりしているの」

そう言いながら霧島は靴の爪先で床を叩《たた》き、眉間《みけん》を指で押さえた。

血色などの様子を見るに、どうやら疲れているというのは本当のようだ。

「そんなに神経質になるのは、やっぱりスポンサーってのをつけるためか?」

若くして才能に溢《あふ》れるアーティストである彼女には現在、とあるデザイン会社から出資の提案がきているらしい。

これはこの学園において珍しいことでもなく、特に優秀な成績を収めた生徒にはそうしたスポンサー団体がつくのが一般的とされている。青田買いというやつだ。

「ええ、あなたには一生縁のない話だから現実味がないでしょうけれど、そういうことよ」

「言っておくけど、一回謝ればあとは罵《のの》り放題ってわけじゃないんだからね？」

「あなたこそ、私が謝ったからといって下手《したて》に出たとは思わないでね」

「馬鹿な……頭を下げているのに上から目線とか、物理的に矛盾しているだろう」

「そもそも私とあなたでは立っているステージの高さが違うの。どれだけ頭を下げようと、私の位置があなたより上である事実は変わらないわ」

「確認したいんだけど、本当に疲れてぴりぴりしてるだけなんだよね？　もともと誰に対してもそういう性格ではないって信じていいんだよね？」

「当然でしょう。私だって見下す相手くらいは選んでいるつもりよ。事実、支援してくれる人たちにはもっと丁寧に接しているもの」

はたして見下される俺が特別なのか、支援者の立場が特別なのか。

判断に困るところではあるが、おそらくは後者なのだろう。……両方かもしれないが。

ともかく、天才が集まるこの学園でもなお優秀な生徒は支援を受けて才能を伸ばしていく。

ならば、優秀なアーティストであるという霧島《きりしま》にもすぐさまスポンサーがつくのだろうと思いきや、これが実のところそう簡単な話でもないのだ。

なぜならここはあくまでも五才星《ごさいせい》〝学園《がくえん》〟であり、その評価は成績によって決められる。

その評価を数値化するシステムが、生徒に与えられるSPと呼ばれる得点だ。

才星《さいせい》ポイント、通称SP。


……この名前、ぶっちゃけダサくない？　ちなみに俺はダサいと思う。

それはさておき、生徒は自身の成績に応じて学園からSPを付与される。

出資団体はそれぞれの学生が保有するSPを見ながら、その実力や将来性を判断する。

SPとはすなわち、信頼を数値化したものなのである。

「私は個展を成功させなくちゃいけないの。それを邪魔する奴《やつ》は、誰であれ排除するわ」

「排除とか、女子高生が日常生活で易々《やすやす》と使う言葉じゃねえな。暴力的すぎるだろ」

「安くないのよ、私にとって、今回の個展は」

入学して間もない霧島には、まだ十分なSPが与えられていない。

だからこそ、個展を成功させることで自身の能力が有益であることを企業に示すと同時に、個展そのものを成果物としてSPを一挙に獲得してやろうという算段らしい。

「まーまー、許してあげてよ、紗衣《さえ》ちゃん」

話を聞いていた風香《ふうか》が俺と霧島の肩に手を置いた。

いや、このやり取りの発端はそもそもお前なんだけどね？　わかってる？

「きょうちゃんがいたら、めっちゃパワー出るから、私。ごひゃくパーくらい」

「……実際に手を動かすのは私なんだけど？」

「紗衣《さえ》ちゃんもパワー出るって、きょうちゃんがいたら、きっと」

「むしろ、こいつとの言い合いで既に少なからず体力を持っていかれているけれどね」

「じゃあ、わけてあげる、ごひゃくパー、私の」

呆《あき》れ顔《がお》を浮かべる霧島《きりしま》の肩を軽く叩《たた》いて、風香《ふうか》は壁にかけられたアクリル板の前に立った。


「――さ、今日もがんばってこ」


その瞬間、部屋の空気が変わった。

洗面台に置かれた筆入れも、床に敷かれたブルーシートも、壁際で幾重にも積み重なる額縁とキャンバスも、俺と霧島でさえ、全てが風香の存在を引き立たせるためだけに用意された小道具のように感じられる。

世界中の情熱と感動と憧憬《しょうけい》が、すべて彼女の体に閉じ込められてしまったような、絶対的な存在の強度をもって風香はただ立っていた。

人間という生き物は、大きなものや強いものに対して本能的な憧《あこが》れを抱《いだ》く。

巨大な建造物に目を輝かせ、筋骨隆々とした格闘家に歓声を贈る。

風香はその細くしなやかな体の内側に、誰よりも大きく頑強な存在感を含んでいた。

俺の隣で、霧島が大きなため息をついた。腰に手を当てて、風香の向かいにある高さ二メートルほどの大きなキャンバスへ向かって歩く。

キャンバスを睨《にら》む彼女の瞳には、創作的欲望の情熱が煌々《こうこう》と灯っていた。

「……俺を追い出すのはやめたのか？」

「言い合っているだけ時間の無駄だもの。それに今日はあの子、特別ノリがいいみたい。あれをあなたが引き出してくれたのなら、ここにあなたがいることは作品のためになる」

「……まあ、できる限りの手伝いくらいはさせてもらうさ」

「ええ、期待は、していないけれどね」

心労も拒絶の意思も、彼女の前では一切の意味を持たなくなる。

全ての視線と意識を否応《いやおう》なしに惹《ひ》きつけて、摑《つか》んだらけして離さない。

それこそが、カルチュア期待の一年生、有馬《ありま》風香の真価だった。

＊＊＊

「右肘を少し上げて……違う、それは左。そうしたら左足を後ろに引いて……だから、そっちは右足だってば……あと、目線は動かさないで」

それから一時間ほど、霧島《きりしま》は張り詰めた空気を全身に纏《まと》っていた。脚立《きゃたつ》に乗り、力強く弧を描きながら刷毛《はけ》を動かす姿は、見ているこちらに呼吸さえも許さないような気迫があった。

不思議なことに、霧島はたびたび風香《ふうか》にポーズを変えるよう指示を出した。そして、風香が姿勢を変えてはキャンバスに絵の具を塗り、また風香に指示を出す。

それはまるで、有馬《ありま》風香という人間をそのままキャンバスに閉じ込めようとする試みのようにも見えた。

「風香だけでいいのか？　何か、別のものを横に置いたりはしないんだな」

振り返った霧島は、その手に板チョコを持っていた。銀紙を剝《む》いただけの四角いチョコをばりばりと嚙《か》み砕《くだ》く彼女の頰と手の甲には青いペンキがついている。

「いいの。何を隣に置いても、あの子の存在感には勝てないから。描くべきものは、頭とキャンバスの中で完成させるのよ」

アクリル板の前に立つ風香は呑気《のんき》に体をぶらぶらと揺らしている。霧島の熱意を一身に浴びながら、まるで世界には自分一人しかいないような自然体。

汗一つ流さない風香に対して、霧島の方は濡《ぬ》れた前髪が額に張り付いていた。

「少しくらい休んだらどうだ？」

「いいえ、あの子に熱が残っているうちにある程度までは形にしないと、散らばってしまったら、こういう感覚は二度と取り戻せなくなる。特にあの子の場合はね」

霧島が作業着の袖で額を拭《ぬぐ》う。汗が取り除かれ、代わりに黄色の絵の具が細い線を引いた。

――創作者、芸術に傾倒する人種というのは、俺にとって少々理解の及ばない部分がある。

完璧な存在である俺は、絵画、楽器演奏、舞踊など、一通りの素養を身につけている。

しかし、実用主義者の久原《くはら》京《きよう》四郎《しろう》にとって芸術を含めたあらゆる能力は、作戦遂行のために培われた手段の一つにすぎない。

だからこそ、生きていくためには不必要とさえ言える行為そのものを目的として、けして少なくない時間を費やそうとする彼ら芸術家という生き物が、俺にはわからない。

「なあ、スポンサーっていうのは、そんなに汗水垂らしても手に入れたいものなのか？」

「……そうだけど、そうじゃない」

視線が再びこちらへと向けられる。

飢餓、憤《ふん》怒《ぬ》、渇望、興奮、あらゆる雑念が混ざり合った感情が瞳に込められている。

「出資を受ければ、もっと色々なものが作れるようになる。何かを作っていなければ、私はそれだけで空っぽになってしまうから」

刷毛を握るこぶしの先から一滴の汗が落ち、青いビニールシートの上で弾《はじ》けて散らばる。

霧島の声には、それとよく似た刹那《せつな》的な衝動が感じられた。

「絵や彫刻は、私にとって言葉の代わり。私よりずっと雄弁で、表情豊かで、気が利くの」

その言葉を大げさだとか、気取っているとか、そんな風に笑う気にはとてもなれなかった。そんなことをすれば彼女はすぐさま近くの工具箱から彫刻刀を取り出して、俺の喉を抉《えぐ》ろうとしてくるのではないかという、恐るべき予感があったからだ。

しかし、その予感を引き起こしたものの正体が、やはり俺にはわからなかった。


「熱心なのは結構ですが、それで倒れられては、私《わたくし》としては困りものですな」

霧島《きりしま》の気迫と俺の予感を遮る間の抜けた軽い声は、背後の扉を開ける音とともに現れた。顔を顰《しか》めた霧島と同じ方向へ顔をむけると、そこには一人の女が立っていた。

「あ、ねねちゃんだ。やっほー」

「どうも風香《ふうか》さん、ご無沙汰しております。今日も相変わらずお綺麗《きれい》でいらっしゃる」

「いえーい」

細長い手足と薄い顔立ちの女は風香に会釈をした。そして俺の存在に気づくと、唇の端をわずかに吊《つ》り上《あ》げて笑みを浮かべる。それは笑顔を作ることに慣れている人間の動作だった。

「そちらの方は、お初ですな。紗衣《さえ》さん、アシスタントを雇われたのですか?」

「いや、俺はただの見学だよ」霧島の言葉を待たずに俺は言った。

「なるほど。紗衣さんが見学を許すとは、やはり珍しい。ではご挨拶を」

女は俺の前まで歩いてくると、上着の内ポケットから慣れた手つきで名刺を取り出した。

「トレーダー所属。三年生。白上寧々子《しらかみねねこ》と申します。ぜひとも御贔屓《ごひいき》に」

差し出された白い名刺には、黒字の明朝体《みんちょうたい》で彼女の所属と連絡先が書かれていた。


——商売の館・トレーダー。


何をするかではなく、その先でどれだけの利益を上げることができるのか、ただそれだけをひたすらに追い求める学部。

この学園に設けられた各学部はそれぞれが敵対や友好の因習的な関係にあるのだが、そうした中で、ただ一つ中立的立場を貫き続けている勢力が五才星学園《ごさいせいがくえん》には存在する。

どことも癒着せず、どことも反目しない異端の学部。

アカデミア《学問の塔》の研究成果に商業的な価値を見出《みいだ》し、ストレングス《運動の砦》の競技に興行の場を与え、カルチュア《芸能の庵》の制作物に値札をつけ、キングダム《政治の城》の施策に人手を用意する。

自らは何も生み出さず、その上で最も多くの金貨を攫《さら》っていく気高きハイエナ。

それが、トレーダーという学部だったはずだ。

「今は紗衣《さえ》さんの個展のプロモーターを担当しております。彼女の作品と、それに御足を払いたがる企業を取り持つ仲人だと思っていただければ」

名刺を渡し終えた白上《しらかみ》は、再び少しの距離を取った。

「人が命懸けで作ったものを金儲《かねもう》けの道具にしようとする守銭奴《しゅせんど》よ、彼女は」

「なるほど、それは実にわかりやすい説明だ」

霧島《きりしま》に一蹴《いっしゅう》された白上は大げさな仕草で肩を竦める。

「何をおっしゃいますか。素晴らしい作品がより多くの人の目に留まるよう、毎日このように汗水垂らしておりますのに。ただその結果として、少しばかりの御足《おあし》が私のポケットに入り込むだけのことですよ」

「私は入場無料で構わないといったのに、あなた、勝手に入場料を決めたでしょう」

「人は御足が要らないというだけで、その中にあるものを軽《かろ》んじます。これは紗衣さんの作品を正当に評価させるために必要なことなのです」

なるほど、二人の関係性がわかってきた。

頑固な芸術家と阿漕《あこぎ》な商売人。それはたしかに、万事《ばんじ》つつがなくとはいかないだろう。

「それに、少しの御足を頂戴《ちょうだい》するからこそ、このような差し入れを用意することもできるのですから、そう邪険にするものではありません」

そう言って、白上は手に持っていたビニール袋を顔の高さにまで上げた。

水滴のついた白いビニール袋は中身が透けて、アイスキャンディと飲み物のパッケージが顔を覗《のぞ》かせている。

「……む」

それを見た霧島が言葉を詰まらせる。

霧島の足元にはチョコとクッキーと煎餅《せんべい》の包みが散らばっていた。

この一時間ほど見学していて気がついたのだが、この女は制作中にずっと何かを食べ続けている。気がついたら俺が風香《ふうか》にもらったはずのメロンパンも食べられていた。

つまり、制作中はずっと腹ペコだったのだ、こいつは。

白上がビニール袋を揺らす。霧島の視線も揺れる。

——遊ばれてるぞ、お前。

それから霧島の意地がアイスのように溶けるまで、そう長い時間はかからなかった。

＊＊＊

「しかし、見学の方が傍《そば》にいるのは安心ですな」

小休止を終え、再び霧島と風香は制作に入った。

俺と白上は部屋の片隅、二人の集中を削《そ》がない場所へパイプ椅子《いす》を置いて座っていた。

「どういうことだ？」

白上《しらかみ》は膝の上においたラップトップのキーボードを小気味よいリズムで叩《たた》いている。上手《うま》く角度をつけて、俺の位置からはモニターが覗《のぞ》けないように配慮されていた。

「ここ最近、紗衣《さえ》さんの個展を邪魔しようという動きが見られましてね。おそらくはスポンサーのライバル企業によるものでしょう。今のところは派手な妨害もありませんが、この先で激化することがないとも言い切れません」

白上の話を聞きながら、俺は先ほど風香《ふうか》を囲んでいた集団のことを思い出していた。

あの集団にはナンパやスカウトだけではなく、風香をアトリエに辿《たど》り着《つ》かせまいとする奴《やつ》もいて、目的の違う個々の衝突がいつもより派手な騒ぎを生んでいたという可能性。

考えすぎかもしれないが、あり得ない話ではない。

「今回の個展は紗衣さんにとっての登竜門《とうりゅうもん》です。成功すれば栄光が与えられ、スポンサーは彼女に出資するメリットを明確化できる」

「だが、それを好ましく思わない輩もいるわけだ」

「ご明察です。既に他の生徒に出資をしているライバル企業からすれば、余所《よそ》の庭に芽吹いた新芽などは摘むに限ります。自分の庭の花より綺麗《きれい》に咲く可能性があるのなら、なおのこと」

出資は学生の成長のためだけではなく、自社の利益も見込んで行われる。

霧島《きりしま》の個展が芳《かんば》しい成果をあげなかった場合、霧島の商品価値には傷がつき、企業は彼女に出資する理由を失う。彼女という才能の青田買いは失敗に終わるわけだ。

「そうした思惑に商機を見出《みいだ》し、妨害工作を専門に請け負う企業もいるというのだから、我々としては、全くやっていられませんなあ」

「才ある若者の楽園も、綺麗ごとばかりでは済まされないということか。個展の妨害っていうのは、実際にどんなことをされてるんだ？」

「今はまだ貼り紙やSNSを通した暴言など、かわいいものです。しかし、だからといって紗衣さんが傷つかないというわけではありませんし、明らかな実害がない以上、警察もろくに動いてはくれません。その辺りも含めて、周到に行われていますよ」

「……なるほどな」

俺の頭によぎったのは、風香の身に危険が迫っているという可能性だった。

親父《おやじ》への反抗はもちろん重要事項だが、それは友人の安全を差し置くほどのことではない。

しかし、話を聞く限りにおいて、俺が介入するほどのこともなさそうだ。

うむ、ぜひともこの調子で、やるにしても節度を守った妨害工作を貫いてほしいものだ。

様子を見ている限り、白上は個展のレイアウトや出品点数の確認と、霧島の周囲の安全確認のためにアトリエまでやってきたらしい。

先ほど監視カメラの位置を細かくチェックしていたし、本人は隠しているつもりなのだろうが、彼女の瞳には監視カメラの記録を表示したモニターが小さく映っている。

俺ほどの人間でなければ気づかないだろうが、俺は気づく。

なぜなら俺だから。久原京四郎《くはらきようしろう》だから。

その記録の詳細まではさすがに読み取れないが、表情の変化や指先の動きを見る限り、特に何かが起きているということはないようだ。

「しかし、紗衣《さえ》さんも大したものです。そうした動きがあってもなお、断固として個展の開催を取りやめようとはしません。あれはもはや、修羅のようなものですな」

――修羅。なるほど、キャンバスへ向かう霧島《きりしま》の姿を表すにはいい表現かもしれない。

霧島は今、片手に飲み水の入ったやかん、もう片手に刷毛《はけ》、両脇にはポテトチップスのボトルと袋に入った大きな菓子パンを抱えている。

あの姿を見て、彼女を普通の芸術家だと思う人間はいないだろう。

制作スタイルがアクロバティックすぎるもん。

おお、やかんの水をラッパ飲みし始めた。ワイルドだなあ。

口の端から零《こぼ》れた水を乱暴に拭《ぬぐ》って、紗衣は刷毛を振るう。

彼女の隣には、ボツとなったキャンバスが五枚、積み重なっていた。

「――久原」霧島が俺の名前を呼んだ。「倉庫に行って、キャンバスを三つと、私のスケッチブックを取ってきてほしいの」

霧島は菓子パンの包みを開け、小さな口で齧《かじ》りつき、時間をかけて飲み込んだ。

「いくらあなたが落ちこぼれでも、そのくらいの雑用はできるでしょう?」

「馬鹿にするな、お前は落ちこぼれをなんだと思っているんだ」

「……そうよね、ごめんなさい。あなたが三つまで数字をかぞえられる程度に成熟した落ちこぼれであることを期待するのは、少し求めすぎていたかもしれないわ」

「落ちこぼれを相手に高望みするなと言ってるわけじゃない」

冗談を返してはいるものの、霧島の目にはやるせない悔しさのようなものが滲《にじ》んでいた。

その瞳からは、あと三枚で納得のいくものが作れるような目算はとても感じられない。

それでも向き合わずにはいられない。作らずにはいられない。

きっとそれは、彼女にとってものを作るということが、やはり俺にはわからない特別な意味を持っているからなのだろう。

「倉庫へは私が同行しましょう。紗衣さんは、少し休まれればよろしい」

俺の隣で白上《しらかみ》はそう言って、ラップトップをそっとたたんだ。

「そうね、風香《ふうか》もちょっと休憩していいわ。私も休むから」

「うん、おっけー。ナイスファイト」

ため息まじりに脚立《きゃたつ》から下りた霧島は、服や体が汚れることも気にせずに、足元のビニールシートに寝転がって目を閉じた。野生児か、こいつは。

「道さえ教えてくれれば俺が一人で行ってくるぞ」

「紗衣《さえ》さんのスケッチブックは貴重な品です。風香《ふうか》さんのご友人とはいえ、初対面の方にお任せするわけにもいきません。ここはひとつ、ご容赦ください」

「……別に、そんな大したものではないけれどね。中身もラフスケッチだし」

目を閉じたまま霧島《きりしま》は言う。それに対し、白上《しらかみ》は困ったような笑顔だけで返した。

ラップトップや資料をしまった白上のあとに続いてアトリエの外に出た途端、湿り気と青臭さを含んだ七月の熱気に包まれた。手で笠を作りながら顔を上げると、空の彼方《かなた》で、先ほど風香と歩いていた時に見たかなとこ雲が街から遠ざかっていくのが見えた。

遠くに見えるあの雲といい、必死で筆を振る霧島といい、誰も彼もが急ぎ足だ。

——せっかくなのだから、もう少しのんびりと過ごせばいいものを。

ようやく手に入れた怠惰な暮らしを謳歌《おうか》する俺は、ふと、そんなことを思ったのであった。

＊＊＊

霧島の倉庫というのはアトリエから一〇分ほど歩いた校舎棟のエリア内にあるようだった。出展を待つ完成品やアトリエに置き場のない資材をそこで保管しているらしい。

「久原《くはら》さんはアカデミア《学問の塔》の所属ということですが、何を専攻しているのですか?」

歩いていると、無言に耐えかねたのか、この時間を利用して探りを入れるつもりなのか、白上が話しかけてきた。

「特に専攻っていうほどのものはないな」

なんといっても万能だし、俺。

「なるほど。では、今日は何の講義を受けていらしたのです？」

「分子生物学の講義だが……ところで白上、あれはなんだ？」

探りを入れられるのは構わないが、俺の立ち位置に変な疑いをもたれても厄介なので、適当に目についたものへ話題を逸《そ》らしてみる。

「アカデミア製の電気式モーターバイクの駐車用ステーションですよ。最近アップデートされたという話ですが……ご存じありませんか？　アカデミアでも話題になっていたようですが」

おっと、そうだったのか。知らなかった。友だちがいないから。

「……俺のことはいいだろう。それがどうしてカルチュアの敷地に置いてあるんだ？」

「カルチュアの敷地には創作物を運搬するための車道が公道並みに細かくに敷かれていますので、そのような性質を利用して、アカデミア製の電気式モーターバイクのテスト運用なども行われているそうです」

「なるほど……しかし、ふむ、バイクか」

俺や親父《おやじ》もそうだが、軍人やそれにまつわる人間というのは機械好きが多いものである。

銃器や車両など、仕事道具の手入れは半分以上が趣味のようなものだ。

「おや、興味がおありですか？」そう言って白上《しらかみ》はくすりと笑う。「なんでも、技術者が好き放題いじくりまわした結果、現行法ではとても公道を走れない代物になったようで、そのピーキーすぎる仕様から乗り手が見つからず、テストが難航しているようですよ」

バイクについて語る白上の口ぶりからは、何やら楽しげな表情が垣間見えた。

――こいつ、意外に同好の士なのかもしれない。

「……それはさておき、久原《くはら》さん、あちらの車なのですが」

白上は路肩に停《と》まる一台の汚れたバンに視線を向けた。

ホイールに泥跳ねの跡があり、ルーフは日焼けしている。ノーマルより車高を上げているにもかかわらず、前後輪の間のサイドステップには何度も擦《す》ったような傷跡がある。

――うん、実に怪しいな、あれは。

運搬用の車をアトリエや校舎から離れたこの場所で停車することにまず違和感がある。

次に泥跳ね。あれはつまり、林道や砂利道などの未舗装路をよく走っているという証拠だ。

ルーフが日焼けするということは、野外の駐車場で保管されているのだろう。

そしてサイドステップの擦り傷。それなりに重たいものを載せたまま坂道を越えることが日常になっているからこそ、わざわざ直すこともしないのだ。大柄なスポーツ選手を多数乗せながら河川敷の堤防を往復すると、ちょうどあんな感じになる。

――ということで、あれはスポーツを専門とする学部、ストレングスの所有する車ですね。

運転席と助手席に乗っている二人の男も居心地悪そうに外を睨《にら》んでいるし、ほぼ間違いないだろう。ストレングスとカルチュアは最近とても険悪な関係にあると聞いたことがあるし、霧《きり》島《しま》の妨害に彼らが関わっているという可能性も大いにある。

「あれを見て、車やバイクがお好きな久原さんはどのように思いますか?」

「別にただのバンだろ。強いて言うなら、汚い車だなって思うよ」

少しばかりゆっくりと歩く白上に対し、俺はあえて速度を落とすことなく進んだ。

おそらく白上も、あのバンに何かしらの警戒心を抱《いだ》いたのだろう。

俺が得たほどの確証はないまでも、少しばかりの違和感を覚えて、それに白か黒のどちらかの色を塗ろうとした、というところか。

「そうですか……ならいいのです。すみません、お気になさらず」

しかし残念ながら、俺がそこに答えを添えてやる義理はない。

目下ストライキ中の俺としては、トラブルの種をできる限り避《よ》けて歩く必要がある。

こんなところで我が慧眼《けいがん》を発揮した結果、あわや俺が才気煥発《さいきかんぱつ》な人間であるという事実を見抜かれるわけにはいかないのだ。

少し歩くとバンは視界の後方へと消えて、白上《しらかみ》はそれきりあの車の話を持ち出さなかった。

きっと警戒は解けていないのだろうが、俺にそれを伝えても仕方がないと考えたのだろう。

なぜならば、相手はアカデミアで一番の落ちこぼれなのだから。

それでよい。

この場において、俺が久原京四郎であると知られる必要は、どこにもないのだ。

＊＊＊

一〇分ほど歩いて辿《たど》り着《つ》いた霧島《きりしま》の倉庫は、学生が使うにはとても贅沢《ぜいたく》すぎる代物だった。

中は業務用エレベーター付きの二階建てで、最新の空調機も完備しており、繊細な扱いが求められる絵画でも安心して置ける環境となっていた。

通常カルチュアでは共用の倉庫で制作物を管理するのだが、今回は妨害を懸念した白上が自身の所有するSPを使って個人用倉庫を用意したのだとか。

このような優遇措置も、成績優秀者には当然の如《ごと》く与えられる恩恵なのだ。

「……少し、作品を見てもいいか？」

「ええ、手は触れないようにお願いしますよ。埃除《ほこりよ》けの布がしてあるものは、特にね」

「ああ、もちろんだ」

キャンバスとスケッチブックを確認してから、どことなく慎重な足取りで倉庫を歩く。

倉庫の中は取り立てて整理が行き届いているということもなかったが、そこに敷き詰められた空気は、夜明け前の礼拝堂のような、どこか犯しがたい静謐《せいひつ》さで満たされていた。

「ここのところ、紗衣《さえ》さんは少しばかり不調でしてね。もう一か月ほども、彼女の納得する作品は生まれていません」

作品の隣にはタイトルと制作年月が記された紙が添えられており、布がかけられた作品はいずれも、最近の日付が書かれたものばかりだった。

その様子はまるで、霧島が作品を自身の視界から覆い隠そうとしているようにもみえた。

いくつもの作品が並んでいる中で、一つの彫刻が目に留まった。

石膏でできた首の短い小さなキリンと、背の高い木。

キリンは木の幹に前足をかけて懸命に首を伸ばすも、その口が葉に届くことはない。

——たしか、作品は霧島にとって、言葉の代わりなのだという。

だとすれば、霧島はいったいどんな言葉を、このキリンに託したのだろうか。

霧島が言っていたとおり、彼女の作品はどれも雄弁だった。

川面に手のひらが映っている絵画、針金でできた双頭の鹿の像、夢を見るカモメが描かれたプラスチックの椅子《いす》——。

それらを見ていたのは時間にしてみれば五分ほどの短い間だったが、もう一年以上も霧島《きりしま》と過ごしたのではないかという不思議な錯覚が、俺の中にはたしかに存在していた。

布がかけられた作品も覗《のぞ》いてみたいという衝動をどうにか堪《こら》えながら、俺はそのシルエットを布の上からつぶさに観察した。

どうやらそれは人の形をしているようだった。

その証拠として、布の丈がわずかにたりない床付近には人の足が覗いている。

足の隣には、タイマーの進む時限爆弾。


——時、時、時限爆弾。


……うん、あるある。よく考えてみよう。そう驚くことじゃない。

日常生活の中で時限爆弾を見つけることくらい、一般的な十代ならよくある話だろう？

それによく見ればこれも芸術じゃない？　無理がある？　ううん、やっぱりそうか……。

……引くわー。これが学生のやることか？

日本の教育課程では嫌がらせのために時限爆弾を仕掛けてはいけないということを学ばない

のだろうか。俺は八歳の時に学んだぞ。めちゃくちゃ怒られた。


それにしても、どうするべきか。

様子をみるに、白上《しらかみ》はまだ事態に気がついていないようだ。

いくらストライキ中の身であるとはいえ、さすがにここで無視を決め込んで退散するほど俺も落ちぶれてはいない。

タイマーと起爆装置の下にある火薬の量を見る限り、おそらく爆発すればフロアの半分は吹き飛ぶだろう。天井は崩れて、一階と二階が吹き抜けになることも想像に難くない。

表示された残り時間はあと七分ほど。

白上を連れて今すぐ逃げ出すか？　しかしそうすれば、ここにある作品は全て台無し。個展は間違いなく中止となるだろう。

それを霧島たちが知ったあと、俺に訪れる罪悪感たるや、いかほどのものであろうか。

……それに何より、あのキリンが壊れてしまうのは、いささかもったいない気がする。

「――仕方ない。ここは強硬手段といくか」

白上に事情を説明したところで、揉《も》めて時間を浪費するのがオチだろうしな。

俺は素知らぬふりをして、倉庫の端へと移動する。

キャンバスを運ぶための折り畳み式の台車を開き、取っ手を摑《つか》み、荷台に足をかける。

白上《しらかみ》がこちらを見ていないことを確認し、俺は既に限界まで開いている台車へ全力で体重を載せ、ヒンジを無理矢理に破壊した。

「……久原《くはら》さん、今の音は？」

「聞きたいのはこちらの方だ。この台車、ヒンジがいかれてるぞ」

いけしゃあしゃあと宣《のたま》う俺に若干の疑惑の視線を浴びせながら、白上はこちらへやってきて台車を覗《のぞ》き込む。

「失礼ですが、久原さんが乱暴に扱ったのでは？」

「ははは、おかしなことを言うなよ。こんな頑丈なものがそう易々《やすやす》と壊れてたまるものか」

余談ですが、どんな頑丈なものでも全力でぶっ壊そうとすれば大抵のものはぶっ壊れます。

特にヒンジ等の可動部は構造上の作りが脆《もろ》いため非常に狙い目となります。ご参考までに。

「それはそうですが、直すのは……難しそうですね」

「ああ、簡単には直せないようにぶっ壊したからな」

「今なんと？」

「言い間違えた。簡単には直せないくらいぶっ壊れてるからな」

しゃがんで細部を確認していた白上が、疑いと諦めの表情のまま立ち上がる。

「真相はどうあれ、仕方ないですね。少しお待ちください。校舎へ行って、代わりの台車を借りてくるとしましょう」

「うむうむ、まったく、それがいいだろうな」

「久原さんはアトリエの方に遅延の連絡をお願いできますか？　待っている間は作品を見ていただいて構いませんが、先ほども申し上げたように、けして触らないようお願いします」

「おう、任せておけ」

いま一つ納得いかない様子の白上に爽《さわ》やかな微笑《ほほえ》みを向けて、俺はその背中を見送った。


倉庫を出た白上が戻ってこないことを確認してから、俺は風香《ふうか》に電話をかける。

『はい、有馬《ありま》風香です』

「電話越しでいきなり名乗るな。近頃の世の中は物騒なんだから」

どれくらい物騒かというと、歩いていれば時限爆弾にぶつかるくらいには物騒なのだ。

「霧島《きりしま》に代わってくれるか？」

『……おっけー』

電話越しに、風香が霧島を起こしている声が聞こえる。

どうやら霧島はまだ仮眠の最中だったらしい。

『……はい、もしもし』

起き抜けの沈んだ声。

機嫌こそ悪くはないようだが、霧島はどうやら寝覚めのいいタイプではないようだ。

「すまんな、ちょっと聞きたいことがあって」

『何？　スケッチブックの場所がわからない？　それなら寧々子《ねねこ》に……』

「いや、それは見つかった。聞きたいのはもっと退屈で、本当ならお前の眠りを妨げる必要もないほどつまらないことなんだ」

『なら、そんなことのためにいちいち電話をかけてこないでちょうだい……』

「つかぬことを伺うけれど、霧島《きりしま》、時限爆弾って作った覚えある？」

『……はあ？』

「倉庫に今なおタイマーが進行中の時限爆弾があったから、これも作品なのかな、と思って」

『……ちょっと、どういうこと？　冗談にしてはたちが悪いけど』

「冗談じゃない。おそらくは噂《うわさ》の妨害工作ってやつだ。起爆まで残り時間は三分二九秒。このままだと倉庫はお前の作品は月まで吹き飛ぶだろうな」

通話をビデオに切り替えて、霧島に爆弾を見せる。

モニターに映る霧島の顔が緊張と焦りの色に染まっていく。

『こんな電話をしている場合じゃないでしょう、あなたと寧々子は早く逃げないと……！』

「白上《しらかみ》は先に逃がした。しばらくは危険だから倉庫へ戻ってこないようにと、お前の方から連絡を入れておいてくれ。重ねて言うが、これはジョークでもなんでもない」

『――っ、だから、あなたも逃げろって言っているの！』

苛立《いらだ》ちが霧島の声を大きなものにした。そんなに焦って、可愛《かわい》いところもあるじゃないか。

「なんだ、作品よりも俺の心配をしてくれるのか？」

『馬鹿言ってないで、あなたがそこにいたって、被害が増えるだけじゃない！』

それは確かにそうだろう。

ここにいるのがそこらの一般生徒であれば、霧島の発言はえらく的を射ていると言えた。

しかし、ここにいるのは久原京四郎《くはらきょうしろう》なのだ。


「いい作品を観《み》させてもらったよ、霧島。今回だけは、観覧料がわりの大サービスだ」


『だから、ふざけてないで……』

「これから俺は爆弾処理に入る。近くに爆弾を仕掛けた犯人が潜伏しているかもしれない、お前たちは警察に連絡をして、くれぐれも倉庫には近づかないでくれ」

「さっきから意味のわからないことばかり、まずはあなたが——！」

「以上だ。じゃあ、またあとで」

霧島の言葉を遮り、俺は電話を切った。

よし、これで人払いは完了。

残り時間は約三分。通報を受けた警察が急行するまで早くても一〇分といったところか。

そんなことを考えつつ、俺は壁際のラックからいくつかの工具を探す。

霧島《きりしま》の言うとおり、ここで俺が逃げれば被害者は出ないだろうが、そうすればここにある作品はほとんどが台無しになる。

しかし、俺が逃げずに爆弾を解除すれば、人的被害もなく作品も無事に守られるのだ。

工具を調達し、あらためて時限爆弾の前に戻る。


「——久原《くはら》京四郎《きょうしろう》の《誰でもできる時限爆弾解除のコーナー》、久々にやってみるか」


それではいってみましょう。用意するものはマイナスドライバーとニッパーです。

今回の爆弾は、残り時間が短いし、火薬の量も無駄に多くて非常にやばい爆弾ですが、構造さえ理解すればちっともやばくありませんので、まずはご安心ください。

一つずつ確認しましょう。ガソリンが入った三つの一斗缶《いっとかん》に載る、およそ八センチ四方の箱、こちらが今から解体する爆弾です。爆発したら死にます。

右側にあるタイマーを見る限り、起爆までの残り時間はあと二分。

やばいですね。でも実は全然やばくありません。

そしてタイマーから配線の伸びた先にある小さな箱、これが点火装置です。

まずは点火装置の隙間にマイナスドライバーをぶっ刺してこじ開けてみましょう。

「よっこらせっと……なんか親父《おやじ》臭いな、いかんいかん」

基盤が出てきましたね。点火装置用の小さな電源も入っています。

この点火装置が下にある缶へ繋《つな》がっており、タイマーがカウントを終えることで点火装置が起動、燃料に着火して、周りにあるものを月まで吹き飛ばす仕組みとなっております。

見てのとおり、非常にオーソドックスな時限爆弾ですね。こんな爆弾に遭遇してアタフタしてしまったという経験が、皆さんにもあるのではないでしょうか？　……ないか、そうか。

さて、仕組みを理解したところで、気になるのは解除の方法です。

ちなみに残り時間はあと三〇秒。そろそろ焦ってくるころですね。

ここで切ってはいけないのが、タイマーとその電源を結ぶ配線です。

これを切るとタイマーが停止して点火装置が起動する恐れがあります。

なので、さっさと爆殺されたい場合を除き、ここはそっとしておきましょう。

じゃあ、結局どれを切ればいいの？　気になりますねー。

答えは『タイマーと電源を結ぶ線以外ならどれでも切って大丈夫』です。

試しに点火装置と燃料を結ぶ配線を全部切ってみましょう。

「――えい、えい、えーい」

はい、点火装置と燃料が分断されました。これでガソリンが爆発することはありません。

信じられませんか？　では実際に見てみましょう。

タイマーがもうすぐゼロになりますよ。サン、ニ、イチ、ゼロ――。

爆発しませんね。当たり前です。点火装置と燃料が繋《つな》がっていないのだから、点火装置が起動しても爆発させるものがないのです。

どうでしたか？　とっても簡単でしたね。

皆さんも時限爆弾を見つけた際は、ぜひ恐れずに解除してみましょう。

以上、久原京四郎《くはらきょうしろう》の《誰でもできる時限爆弾解除のコーナー》でした。


「……ふう」

――あまりにも完璧、あまりにも迅速な解除作業。

久原京四郎、劣等生に落ちぶれてなお、その辣腕《らつわん》に一切の衰えなし、といったところか。

相変わらずの優秀さを誇る自分が、俺は爆弾よりも恐ろしい。

それはさておき、起爆までに見つかることを想定されていない時限爆弾というのは、ざっとこんなものなのである。

安価かつ手軽に制作できて、設置した人間にその場から逃げるまでの猶予を与えればよいのだから、複雑な構成を必要としていない。実際、偶然にもこのタイミングで俺が発見していなければ、爆弾は本来想定された効果を発揮していたはずだ。

「でも、それを見つけちゃうから俺は優秀なんだよなあ。持ってるというか……」

事実の確認を済ませたところで、次の作業に移ろう。

倉庫の扉を見た限り、あそこから無理やり侵入したような形跡はなかった。

ならば考えられるのは、窓や通気口から強引に侵入したというケースだろうか。

俺は解除したタイマーと起爆装置をポケットに入れたあと、階段から二階へ上がった。

「どれどれ……お、あそこだな」

部屋の奥にある窓際のカーテンが揺れている。近づいてめくってみると、窓には拳《こぶし》ほどの小さな穴があけられていた。その足元には小さなガラス片と、丸めて捨てられたガムテープ。

外から壁に梯子《はしご》をかけ、ここから侵入したと見るのが妥当だろう。

――もう少しすれば犯人はここへ戻ってくる。

これは俺にとって、予感ではなく確信だった。

爆弾を仕掛けるほど大胆な犯行であれば、近くでその結果を確認しなければならない。

そして不発に終わったと気づいたなら、現場へ戻り、原因を探って、場合によっては爆弾そのものを回収してから証拠隠滅を図る必要がある。

ラックから握りやすい大きさの木槌《きづち》と手鏡を拝借したところで、外から車のエンジン音が聞こえてきた。

素早く窓枠の下に体を隠し、カーテンの隙間へ手鏡を差し込む。

角度を調整すると、先ほど運搬路に停車していたおんぼろバンが鏡に写った。

「やっぱりあいつらだったか……そりゃあキョドるよな、爆弾しかけてるんだから」

三人の男が車から降りてくる。辺りを所在なく見回しながら、男たちは後部扉を開けて荷室から折りたたみ式の大きな梯子《はしご》を取り出した。やはり先ほどの侵入経路を使うつもりらしい。

梯子が窓枠にかけられる。金属同士がぶつかる音は静かな部屋によく響いた。

「早く上がれって！　見つかったらどうする！」

「うるさい！　お前らも見てないで上がって来い！　全員で確認してさっさとズラかるぞ！」

喧《やかま》しい声が聞こえる。アクリル絵の具が詰め込まれた大きな段ボールの陰に身を隠して、俺は男たちが入ってくるのを静かに待った。

ちょうど一人目の、野球帽を逆さに被《かぶ》った男が窓を開けている。その下には長髪の男。三人目の坊主頭は、梯子の一段目に足をかけているところだった。

バンの運転席や後部座席の窓に人影はないし、本当に全員で上がってくるつもりらしい。

うーん、実に愚かだけれども、所詮は一般生徒だし仕方ないよね。

窓を開けた野球帽が部屋に入る。足元の小さなガラス片を踏み鳴らし、男は体をびくりと震わせながら室内を見回した。

襲い掛かるにはまだ早い。鏡を見る。長髪に続いて坊主頭も梯子を上りだす。長髪が部屋に入る。先に入った二人は互いの顔を見合わせた。異変がない認識を共有したのだろう。

安堵《あんど》した様子で、長髪が息を一つ吐いた。――今だ。

段ボールの陰から飛び出して、右手に持った木槌《きづち》の頭で長髪の腹を力強く突き上げた。長髪の口から呻《うめ》き声《ごえ》と空気、涎《よだれ》が漏れる。腹にめり込んだ木槌をもう一度押し込むと、再び声が漏れた。俺の手には的確に鳩尾《みぞおち》へ当てた感覚。倒れ込んだ長髪の顔を靴の底で力任せに蹴《け》とばして、まずは一人。

部外者がいることに気づいた野球帽が声を上げて殴りかかってくる。大振りのパンチを躱《かわ》しながら、すれ違いざまに足をかけて転ばせる。

顔を上げると、梯子を上る途中の坊主頭が窓の外にいた。互いの目が合う。

「——すまんなあ」

のんびりとした声色《こわいろ》を心がけながら、俺は坊主頭に話しかけた。

坊主頭は、驚きと困惑と不安を混ぜ合わせたようなマーブル柄の表情で俺を見ている。

「この部屋は三人でもう満員、四人目は入れないんだ」

「お、お前、誰なんだよ……待て！　待って！　それはやばいって！」

力の限りに梯子を外へ向けて押してやる。梯子にしがみついた坊主頭の体が建物と反対方向へ傾いていく。ついで落下、そして絶叫。高さにして四メートルほどだから足の骨くらいは折るかもしれないが、死ぬことはないだろう。これで二人。

画材の棚にぶつかって倒れ込んだ野球帽が立ち上がる。

怒りで顔を染めた野球帽はその手に鋭利な彫刻刀を持っていた。わーお。

逆手《さかて》に持った彫刻刀を振り上げて野球帽が走ってくる。俺は木槌《きづち》を放り投げ、近くにあった石膏像の額でそれを受け止めた。ごめんね、アポロン。

アポロンの頭に彫刻刀が刺さったままの状態で、野球帽と俺の視線が交わる。

野球帽は息を荒くして俺を睨《にら》んでいる。

「なあ、俺はあいつの作品を、実は結構気に入ってるんだ」

「……ああ?」

「わからないか？　つまりそれを壊そうとしたお前らに、わりとムカついてるってことだ」

だからこれは任務の一環などではなく、ただの憂さ晴らしにすぎないってことで。

よし、再三の言い訳完了。まったく、ストライキも楽じゃないな。

先ほど倒した長髪が、背後で呻《うめ》き声《ごえ》をあげながら起き上がった。

彫刻刀が刺さったままのアポロンを野球帽の顔に押しつける。視界を奪ったところで野球帽の股間を蹴《け》り上げ、体をぶつけて後方に転ばせる。

身を隠すのに使っていた段ボールの箱から、詰め替え用アクリル絵の具の大袋を取り出して封を切る。振り返りながら大袋を両手で思いきり握り込むと、白い絵の具が長髪の顔を目掛けて勢いよく飛び出した。動転した長髪が顔を庇《かば》いながら立ち止まる。

空《から》になった絵の具の袋を放り投げ、壁に立てかけられていた木製イーゼルを手に取り、長髪の頭に振り落とす。長髪の体がイーゼルに嵌《は》まって拘束される。長髪の頭を摑《つか》み、腹を殴りつける。一発、二発、三発目で長髪の体から力が抜けた。振り返ると、野球帽がアポロンの額から彫刻刀を引き抜いていた。再び野球帽は彫刻刀を手に襲い掛かってくる。

俺はその彫刻刀を、摑んでいた長髪の額で受け止めた。

野球帽は驚いて目を剝《む》き、長髪が苦痛の叫び声をあげる。

分厚い頭蓋骨《ずがいこつ》で守られた額の傷は大事には至りにくい反面、軽微なものであっても出血量は他の部位に比べて非常に多く感じられる。血みどろになった仲間の顔を見て、ましてやそれを傷つけたのが自分であれば、とても冷静ではいられまい。

長髪の頭から手をはなし、俺は野球帽の顎を拳《こぶし》で撃ち抜いた。

野球帽と長髪が床に倒れる。これで三人、制圧完了。

「——お前たちの敗因は、芸術の力を甘く見たこと。暴力に対する芸術の勝利だ」

倒れた二人を指さして、俺は高々と言い放つ。

……なんとも虚《むな》しかった。

二人とも殴って倒したし、普通に暴力に対する暴力の勝利だったな。

近くにあった紙ロープで二人の手足を縛り上げてから軽く息を整えて、背後に視線を送る。

「……もう大丈夫だから、出てきていいぞ」

階段近くに積まれたダンボールに向けて、俺は声をかけた。

身長一四〇センチ台の小さな体が、箱の陰から姿を見せる。

「まったく、危ないから倉庫には近づくなと言っただろうに」

「――自分の作品が壊されるかもしれないっていうのに、放っておけるわけないでしょう」

霧島《きりしま》の口調は、アトリエの時に比べていささか弱々しかった。

霧島の表情には、俺の話が事実であったことを認識した戸惑いや恐れ、慣れない暴力を目《ま》の当《あ》たりにしたことによる怯《おび》えが含まれていた。

……まあね、たしかにね、自分の持ち物が爆破されかけた矢先、さっきまで人をボコボコに殴ってた奴《やつ》から「こっち来いや」って言われたら大抵の人はビビるよな。

そういう機会、普通はあんまりないって聞くもんね。うん、わかるわかる。

「しかしだな、現場には何らかの原因で起爆する恐れのある多量のガソリンが残っており、電話でも言ったように犯人は戻ってきた。ここへお前が来れば更なるトラブルを誘発することにもなりえる。やはり、お前はここへ来るべきではなかったぞ」

「……確かに言っていることはもっともで、客観的に見れば悪いのはおそらく私なのだけど、その、長々と説教をする前に事態の説明をする義務があなたにはあるんじゃないの？」

「まあ、その辺は追々《おいおい》ね」

「……そう」

む、ここはツッコミか罵倒が飛んでくるものだと思ったのだが。

さすがの紗衣《さえ》ちゃんも、この状況にはよほど面食らっているらしい。

「ともあれ、来てしまったものは仕方ない。ここからは俺の指示をちゃんと聞くように。聞かないと爆死するかもしれないから気をつけろ」

「自分の人生において爆死の可能性が発生するとは、夢にも思わなかったわ」

「うむ、人生何事も経験というやつだ」

「一度でも経験したら人生終わるのよ、爆死は」

ツッコむ程度の余裕を取り戻した霧島を連れて、俺は一階に降りて外へ出る。

倉庫の裏手、汚れたバンのそばには倒れた梯子《はしご》と、倒れた坊主頭の男。

「死んでないでしょうね」

「気になるなら聞いてみたらどうだ?」

「……遠慮しとく」

「じゃあ俺が聞いてみよう。お前はそこを動かず、何も喋《しゃべ》るな」

坊主頭の男の手足を縛り上げてから、その体に馬乗りになって頬をはたく。

五回ほど引《ひ》っ叩《ぱた》いたところで、坊主頭の男は目を覚ました。

焦点の合わない目が俺に向けられる。

「おはよう、悪いが眠気覚ましのコーヒーはお預けだ。一切合切《いっさいがっさい》、吐いてもらおうか」

男の顔に感情が宿る。俺の顔を認識する。先ほど自分を二階から突き落とした男の顔を。

ひい、と声を漏らした男の襟を掴《つか》み、顔を寄せる。互いの息がかかる位置。

「あの爆弾を仕掛けたのはお前か？」

「違う！　俺はただ車を運転しただけで、置いたのは他の奴《やつ》らだ！」

口を噤《つぐ》むこともなく坊主頭の男は言った。自己保身。仲間を売ることを躊躇《ためら》わない。

「なるほど。お前たちは運動の砦《ストレングス》の生徒で間違いないな？」

「それは……」

明確な返答なし。ただでさえ険悪な関係にあるカルチュアの敷地内でストレングスの生徒が粗相したとバレればどうなるか、それを理解してのことだろう。

カマをかけてみるか。

「黙っていてもいいが、仲間の二人から既にある程度の話は聞いている。お前らがストレングスの生徒だということ、爆弾を調達し、この計画を立てたのがお前だってこともな」

「っ、ふざけんな！　爆弾ははじめから車の中に置いてあったし、そもそもこの話を用意したのだってタカヤだ！　俺はただ、上手《うま》い話があるってあいつに言われたから乗っただけだ！」

さくっと口を割ったなー。やはり所詮は一般生徒。

どれ、もう少し探ってみよう。

「嘘《うそ》をつくな、この卑怯者《ひきようもの》め。いいか、よく聞け、お前はこれからカルチュアの学部内裁判にかけられる。このくそったれな事件の首謀者としてな。何十という人間がお前を取り囲んで殴り、踏みつける。お前は目隠しをされているから、誰に殴られたのかはわからない。警察に駆け込んでも誰も捕まらない。歯を折られようが、眼球を潰されようが、お構いなしだ」

男の顔を両手で摑み、親指の先で両目の下瞼《したまぶた》を強く押さえる。男は呻《うめ》き声《ごえ》を上げた。

腰の下に温かい感覚。男は小便を漏らしていた。……俺はそっと腰を持ち上げた。

「しかし、嘘をついているのがあの二人で、お前が正直者なのだとしたら、この場で真実を話せ。そうすれば、お前だけはこの場から逃がしてやる。これは取引だ」

「俺は嵌《は》められたんだ！　車を走らせただけで、俺は何もやってねえ！　何も知らねえ！」

大声で男は言った。唇が震え、目からは大粒の涙が流れている。

「仲間はお前が大将だと言ったぞ？」

「あいつらは嘘つきだ！　成績も悪い、チームからも煙《けむ》たがられてる、出来損ないだ！」

「助かりたければ全てを話せ。タカヤという男が、この爆破をお前に持ちかけたんだな？」

「そうだ！　全部あいつのせいだ！　ショウゴさんから割のいいバイトをもらったって、あいつが言ったんだ！　俺たちは言われた場所へ行って、この車に乗った、そしたら爆弾と指示書があった！　やらなきゃ酷《ひど》い目に遭《あ》うってメモがあった、やるしかなかった！」

「なるほど、お利口さんな回答をどうもありがとう」

ゆっくりおやすみ、そう言って、俺は坊主頭の男の顎を殴りつけた。

男は意識を失い、体の力が抜ける。


俺は男から手を放して立ち上がり、背後の霧島《きりしま》に視線を向ける。

「――うむ、極めて友好的な話し合いだったな」

「脳震盪《のうしんとう》で終わる友好的な話し合いがあってたまるものですか」

「また少し生きる世界が拡《ひろ》がったな、おめでとう」

「鎖国したいくらいよ、常識を」

霧島は多種多様な驚きと呆《あき》れが混ざった、何とも言えない素敵な表情でこちらを見ていた。

「そういえば、警察への連絡は済ませたか？」

「ええ、こちらにも人を送るけど、危ないから聴取は別の場所で行うって」

「妥当だろうな、ここの処理は任せておけばいい」

俺としても今は一刻も早くアトリエに戻りたい。なんだよ、このデンジャラスな学生生活。

なんか、もっとこう学生らしい、甘酸《あまず》っぱい何かがあるべきじゃないの？

やはり、俺が傭兵《ようへい》として優秀すぎることにも問題があるのだろうか。

「それで、その……えっと、ね」

唇を指で隠すようにしながら、霧島は何やら言《い》い淀《よど》む。

「なんだ、言いたいことがあるなら言っていいぞ」

「ええ、その……あ、りが……」

ふむ、どうやら霧島《きりしま》は感謝の言葉を述べようとするものの、恥ずかしがっているらしい。

ほとんど全能の異名《いみよう》をほしいままにする俺にとっては些事《さじ》にすぎない今回の出来事も、彼女にしてみれば一大事だ。そんな中、颯爽《さつそう》と全てを救った俺への感謝と尊敬の念が芽生えることは、なるほど、たしかに止めることができないだろう。

それにしても霧島のやつ、可愛《かわい》いところがあるじゃないか。

もじもじしながらどうにか言葉を紡いでいるその姿、実に苦しゅうない。

「あり、ありが……ダメね。あなたに感謝するという屈辱を、どう足掻《あが》いても脳が拒むわ」

「可愛さのかけらもねえなあ、おい」

「感謝しているのは事実なのよ。だけどそれは、私の中にある矮小なプライドに勝るものではなかったみたい。本当に申し訳ないと思っているわ」

矮小なプライドに負けるような感謝は、もはやないのと同じではなかろうか。

「……わかってる。ちゃんと言うわよ。こんなところで、助けられたのに感謝もできない薄情者の汚名を被るわけにはいかないもの」

「こんな残酷に目的と手段が入れ替わる瞬間はなかなか見られないな、惚《ほ》れ惚《ぼ》れするわ」

結局プライドを守るための感謝になってるじゃねえか。

「……別にいいよ、感謝されたくてやったことじゃない」

「でも、それじゃあ……」

「なら、あの言《い》い淀《よど》んでた分の感謝だけ受け取っておく。そういうことにしよう」

重ねて述べるが、俺に大したことをしたつもりはない。

道に転がっていた空き缶を捨てたからといって、過度な感謝を求める人間はいないだろう。

というか、爆発も侵入も全て防いだ現在、結果として倉庫で最も破壊行為に及んだのは俺だったりするので、ぶっちゃけあまり深掘りされたくはない。

えっと……台車とイーゼルと、あとはアポロンもやったな。

絵の具で壁と床も汚したし、それによる周辺被害も考えると……。

うむ、ちょっとやりすぎたかもしれない。

いい感じの雰囲気が漂っている間に、俺はこの会話を終わらせることに決めたのだった。

――ごめんね、紗衣《さえ》ちゃん。

＊＊＊

倉庫内で起きた被害の責任を全て侵入者に押しつける算段を立てたところで、俺は小さな深呼吸をして気を取り直す。

侵入者は捕まえたが、まだやることは残っている。

四時方向の生け垣、霧島《きりしま》の位置からは見えないその場所に隠れている人物の対処を終わらせることを、今は優先するべきだろう。

——すまない、名も知らぬ人。こんなにさくっと見つけてしまって。

君に罪はない、全ては遊び心のない我が迸《ほとばし》る才能にこそ問題があるのだ。

君もなかなか上手に身を隠してはいるが、所詮は一般生徒、専門的な技術を学んでいない者が俺の目を欺くことなどできはしない。

ああ、どうしてこうも、俺は他人の努力を無下《むげ》にしてしまうのか。

せめて俺に少しでも至らぬ部分があれば、こんなことにはならなかっただろうに。

しかし、巧妙に身を隠していることも含めて、生け垣の人物はどうやら一般生徒なりに優れた能力を持っているようだった。正確な場所を把握するために俺がわずかに体の向きを変えた途端、その人物は生け垣から体を晒《さら》し、一目散に走りだした。

パーカのフードで頭が隠れている。身長は一五〇センチ台。

小柄な男性の可能性もあるだろうが、股関節の動きを見る限り女だろう。

私服とはいえ、かなり走り慣れているフォーム。ということはスポーツをやっている人間、彼女もストレングスの生徒であると、俺は予想した。

「っ！　ちょっと、あれ！」

「まあ待て、被害はなかったんだ。逃げるというならば深追いする必要もない。それよりも今はお前を安全に避難させることの方が先決だ」

「そうじゃない！　あれ、私のスケッチブック、、、、、、！」

ん？　スケッチブック？

ああ、よくみたら何かを手に持っているな。何やら四角い、ノートのようなもの。似たようなものを、つい先ほど倉庫の中で見た覚えがある。

そして、もうひとつ思い出したことがある。

俺はいったい何のためにこの場所へやってきたのだったか。

「――おお、もしかして俺は、慢心による盛大なミスをやらかしたのではなかろうか」

「間抜けなこと言ってないで、どうするの、早く追いかけて！」

「まあ待て、お前は知らんだろうが、俺のミスというのは非常に珍しいものなのだ。これはぜひとも世間に向けてSNSでお知らせしておきたい。ほら、自撮りするから、寄って寄って」

「彫刻刀でスマホと頭を割られたくなかったら黙って今すぐ走りなさい！」

「イエス、マム！」

焦り顔の霧島を残して俺は走り出した。生け垣を飛び越え、運搬路を渡る。

女はここから西にあるカルチュアの学部棟の方向へ走っていた。人の隙間を器用にすり抜けて、彼らが運ぶ台車に乗った資材を崩して道を塞《ふさ》ぐことも忘れない。

しかし体力はこちらに分《ぶ》があるはずだ。見失わなければ必ず捕まえられる。

きっと女も同じように思っていたのだろう。彼女が折れた角を同じように曲がると、女は路肩に停《と》められていたテスト運用中の電気式モーターバイクに跨《また》がるところだった。

スケッチブックをパーカの内側にしまい、バイクのタンクに載せてあるフルフェイスのヘルメットを被り、こちらを一度振り返ってから女はアクセルを大きく回した。その後を追うように、俺もバイクに跨り始動スイッチを押す。ヘルメットを被《かぶ》ると、シールドの内側に速度メーターや燃料計、近くを走る自動車と歩行者の情報が記されたマップが表示された。

やだ、なんか近未来的でカッコいい……。

発進した車体は滑らかに速度を上げていく。アクセルを最大まで開き、限界まで速度を上げる。モニターに速度超過の警告が表示されるが、気にしている場合ではない。

前方で貨物運搬用の大型トラックやバンの隙間を女のバイクが強引にすり抜けていく。急ブレーキをかけた周囲の車が互いにぶつかり、警報とクラクションが鳴り響く。ガラス片が飛び散り、横滑りした車体がバリケードとなって車道を塞《ふさ》いだ。

被害は見た目ほど深刻ではなさそうだが、まったく褒められたものではない乱暴なやり方。

しかし、悔しいことに効果的だ。

ブレーキをかけて停止すると、道を塞ぐトラックの奥に女の姿が見えた。体を捻《ひね》った女がこちらを向く。スモークシールドで遮られた視界越しに、目が合うような感覚があった。

女は右手でハンドルを握ったまま、離した左手の甲をこちらへ向けて、揃《そろ》えた四本の指を煽《あお》るようにくいくいと曲げて見せた。

「……あんにゃろうめ」

明らかな挑発。相手は好戦的で、勝負事を楽しむ手合いらしい。

――乗ってやろうじゃないか、その挑発。

おそらくあの女の目的地はストレングスのエリアだろう。そこまで逃げられては、敵対関係にあるアカデミア所属の俺が追いかけることは困難だ。

どうやって追いつくべきか、そう悩んでいると、モニター上にウインドウが表示された。

《進行不可能地点を検知。TS－01と合流する最短経路を検索しますか？》

地図上の光点の隣にTS－01というテキストがある。女のバイクの認識番号だろう。

「イエス。TS－01への最短経路を表示」

そう言った直後、シールド越しの車道の上に青い線が表示された。

やっぱカッコいい……。なにこのロマンに満ちた乗り物、めっちゃ欲しい。

遠目に女を睨《にら》む。俺が左手の親指を下に向けた拳《こぶし》を見せてやると、女はお返しとばかりにひらりと手を振ってきた。

「ちくしょう、今に見てろよ？」

ナビに従ってビルの隙間の路地へ入る。狭い道路に人工のエンジン音が反響する。

マップによれば、あと六回ほど路地を曲がれば先ほどの大通りに再び辿《たど》り着《つ》き、あの女の前方に出ることができる。

路地を折れるたびに道幅は狭くなり、やがては二メートルほどになった。

さらに角を折れる。前方に光を感じた。こちらへ向かってくるトラックのヘッドライト。

なるほど、どうやら一方通行を逆走していたらしい。まだ追尾機能も試験運用中で、俺のように完璧とは言えないようだ。やれやれ、とんだおっちょこちょいだなあ。……やっべー。

スピードの乗ったバイクが逆走していることに気づいたトラックの運転手が、目を剝《む》いてクラクションを鳴らした。けたたましい音が狭い路地の壁にぶつかり反響する。

あのトラックを避けるほどの幅がこの路地にはない――――さて、窮地である。

その時、警告音と共に、モニター上で新たな赤いウインドウが表示された。

この場を乗り切るための最新技術に期待を向けて、俺はウインドウを確認する。

《前方に対向車、とても危険》

「――――そんなことは言われなくてもわかってんだよ！」

あまりにも呑気《のんき》な警告に、思わず声を上げてしまった。

お前には期待をかけていたのに、もうがっかりだよ。

そう思ったのもつかの間、警告ウインドウの隣で、先ほどまではなかった表示が新たに浮かんでいることに俺は気がついた。

ハンドルバーにある小さなスイッチが点滅している。その横には四つのアルファベット。

J、U、M、P——《ジャンプ》《JUMP》。

……え？　飛ぶの？　うそ、このバイク、飛ぶの？？？

突然の展開に、もはや胸の高鳴りを抑えられない。

事前に一度がっかりさせてからこんなトキメキを与えてくるなんて、このバイク、いったいどこまで小悪魔なの？

そんなことを考えている間にブレーキのタイミングは通り過ぎ、気づけばトラックとの距離は一五メートルほどにまで迫っていた。「——ええい、ままよ！」俺はクラッチレバーの横にあるスイッチを力いっぱい押し込む。

下半身が地面に引きずり込まれるような感覚。それは瞬時に上体、頭へと伝わっていく。

突然の出来事にハンドルがややブレる。続けて地中から殴りつけられたような衝撃。トラックのドライバーが落下していく。いや、違う、これは俺の体が宙に浮いているのだ。

バイクが跳びあがるという、あまりに非常識な現実を俺が正しく理解した時には、バイクの後輪はすでにトラックのルーフパネルを擦っていた。

荷台の上で後輪が沈む。次に前輪が着地。荷台が軋《きし》む。再び車体が跳ねる。

俺にできることは、振り落とされないように足首と膝で車体を挟み込むことくらいだった。

着地と同時にサスペンションが深く沈み込み、視界が慣れ親しんだ高度を取り戻す。バイクはその間も、速度を落とすことなく前方に向けて走り続けていた。

速くなった心臓を落ち着けるべく、俺は左手で握り拳《こぶし》を作って、ハンドルバーを二回叩《たた》く。

「……やってくれた、しかし、よくやった。今回の敢闘賞はお前に譲ろう」

角を曲がると、ビルで隠されていた太陽が現れて、俺の顔をシールド越しに照らした。

マップを確認する。二時の方向から目標の車両。直線距離にしておよそ四〇メートル。

タイミングは問題ない。路地を飛びだし、大通りへ出る。

前輪のブレーキを強くかけると同時に残された後輪が滑った。バイクが動きを止める。真正面には俺が乗っているものと同じバイク、距離およそ二〇メートル。

慌てた女がブレーキをかけた。

女はハンドルを切らず、重心移動で進路を変えていた。避《よ》けてみせるつもりらしい。

しかし、この距離では安全な間隔をあけながらすれ違うことなどできない。一〇メートル。

なので、女が舵《かじ》を切った方向に腕を伸ばしてやれば――。五メートル。

「――ほら、捕まえた」

右腕に女の体が触れる。

彼女の乗ったバイクからその体を引き抜くように、抱きしめるように、力いっぱい広げた腕を閉じる。ヘルメット越しに女のくぐもった声が漏れた。

乗り手を失ったバイクが俺の後方で転倒して、アスファルトを削りながら火花を散らせた。

拘束した女が腕の中で暴れる。しかし、振りほどかれるような気配はない。

当然だ。互いの体格差がありすぎて、腕力では勝負にならない。

「……わかった。観念する。スケッチブックも返すから」

同じことを理解したようで、女は呟《つぶや》くようにそう言った。

そして上体を掴《つか》まれたままで器用に片足を大きく上げると、俺の体とバイクのタンク、ちょうどその真ん中に女は跨《また》がった。

「ここにいたら、事故を起こした君も私と一緒に捕まることになるよ？　あとで事情は話すから、まずは人気《ひとけ》のない場所まで連れていって」

すでに周囲は何事かと様子を見にきた一般生徒の人だかりができつつあった。

俺が警察に捕まっても、仕事を依頼した学園運営に連絡をすれば数時間で解放される。

しかし、今は霧島《きりしま》たちと情報を共有することの方が先決だろう。

「……わかった。だが逃げようとは思うな。怪しい動きを確認したら容赦はしない」

「しないしない。言ったでしょ、観念したって」

女が言う。ヘルメットで表情は窺《うかが》えないが、明るく楽観的な声色《こわいろ》だった。

訝《いぶか》しみながら、俺は女から腕を離してハンドルを握った。

「あ、怪しんでる顔だ。見えないけど。……そうだね、君に一つ、いいことを教えてあげる」

興味がないふりをしながら、俺はアクセルを回してバイクを走らせる。

「たとえここで私が暴れても、君は私に酷《ひど》いことをしません。それはなぜでしょうか？」

答えない。コミュニケーションの通じる相手だと思わせるのは下策だ。

「……無視？　ひどいなあ。……正解はね、私が女の子だから」

それを聞いて、ハンドルを握る俺の腕に思わず力が入った。

「君は倉庫で三人を痛めつけることを躊躇《ためら》わなかった。けど私を捕まえる時には、私が傷つかないように配慮したでしょう？　バイクが転倒する前に、君は私の身柄を保護したんだよ」

「……もし口がきけなくなるほどの大怪我をされたら、情報が得られなくなる」

「はい、それが答え。図星をつかれた君は黙っていられなくなった。君は腕っぷしが強くて優しい人。だから、仮に私が暴れても女の子に酷いことはできない、そうでしょ？」

俺は再び口を閉ざした。

したたかな女だ。俺の苦手な、強い女。

路地裏へと入り、あたりに人気《ひとけ》がないことを確認して、俺はバイクを停《と》めた。

スタンドを立ててバイクから降りる。女が逃げないように、その肩を掴《つか》みながら。

女もまた抵抗せずにバイクから降りて、ゆっくりとヘルメットを外した。

そこから現れたのは、丸くて大きな、自信に満ちた瞳だった。

どちらかといえばあどけない、幼さの残る顔。明るく、しかし目立ちすぎないように染められた髪、愛嬌《あいきょう》と尊大さを兼ね備えた口元。なんとも女性らしく、そして少女らしい女。

「雪代宮古《ゆきしろみやこ》、ストレングス《運動の砦》の一年だよ、よろしくね」

滑舌の良い声でそう言って、女は右手を差し出し、握手を求めてきた。

……やはり、俺の苦手なタイプの女だ。

自分の魅力に自覚的な女。人当たりのよい女。その上で頭の冴《さ》える女。


――あと、めっちゃいい匂《にお》いがする女。


正直、拘束してる時からすごいドキドキしてた。こいつ、めっちゃいい匂いがする。

……仕方ないじゃん。俺だって思春期なんだもの。

あー、ドキドキした。もう一刻も早くバイクから降りたかった。

アホか、あんなドキドキしながら腹の探り合いなんてできるか。

匂いだけで好きになるかと思ったわ。

「……久原《くはら》京《きょう》四郎《しろう》だ。アカデミア《学問の塔》所属。同じく一年」

ヘルメットを外し、俺は雪代の手を握り返した。

こちらも名乗る必要はなかったのだが、気づけば俺は雪代《ゆきしろ》に名乗り返していた。

理由はある。雪代には、なにか不思議な、引力のようなものがあったのだ。

風香《ふうか》が持つ天性のそれとは違う、人工的に生み出された魅惑的な作用。

雪代の言葉に続いて名乗ることが極めて自然な行いであるという錯覚を、俺は振りほどくことができなかった。

顔の向きや体の角度。顎を引き、上目遣いにこちらを見つめる瞳。ハリのある声。

彼女は自身の外見や仕草がどうすれば他人から好意的にみられるのかを理解している。

好意を向けられるとはすなわち、敵意や警戒の網から逃れるということ。

「京四郎《きょうしろう》くん……いや、久原《くはら》くんの方がよさそうかな？」

雪代は俺が下の名前で呼ばれた際に生み出した、ほんのわずかな嫌悪感を敏感に読み取っていた。親父《おやじ》とよく似た名前、それを俺があまり好ましく思っていないことを察し、訂正した。

「私のことは、宮古《みやこ》って呼んでくれればいいよ、宮古ちゃんでもおっけー」

「そうか、よろしくな、雪代」

「もう、可愛《かわい》げがないなあ、久原くんは」

そう言いながら、雪代は辺りを見回し、パーカの大きなフードを頭にかぶった。

「これ、返しておくね。霧島《きりしま》さんに渡しておいてくれるかな」

パーカの中にしまっていたスケッチブックを、雪代は悪びれることもなく差し出した。

「信じてはもらえないだろうけど、私は爆弾を仕掛けた三人の仲間じゃないの」

「無理があるということを理解しているようで何よりだな」

俺がスケッチブックを受け取ると、雪代は一歩分の距離を詰めた。いい匂《にお》いがする。

「うん、だから私は、今から久原くんに情報を提供する。それが見逃してもらうために私から払える条件。君と霧島さんにとっても、かなり有益な取引になると思うよ？」

俺は一歩分距離をあける。雪代がまた同じだけ距離を詰める。いい匂いがする。

「ちなみに、君がさっき捕まえたのは下請けのさらに下請け。大本《おおもと》を叩《たた》かないと、解決にはならないよ。妨害工作を専門として請け負う違法企業がいるって、聞いたことないかな？」

答えずに、俺は無言のままで肯定を表した。いい匂いがする。

──集中できない！

「──ハ、イ、ド、ラ社。私は奴《やつ》らに弱みを握られてるの。あの三人組みたいにお金が欲しくてバイトを引き受けたわけじゃない。奴らにいなくなってほしいのは、私も同じなんだよ」

雪代が歩み寄る。じりじりと後ろに下がっていた俺の体が、とうとう壁に辿《たど》り着《つ》く。

色素の薄い彼女の瞳には、顔を強張《こわば》らせた俺が映っている。

「だから、ね、久原くん。私たちは、きっと仲良くなれると思うんだ……」

俺と雪代の体が重なり、互いの指が絡められる。

――めっちゃドキドキする！　近い近い近い！！！

だめだ、こんな色香に惑わされるな、久原京四郎《くはらきようしろう》。

お前は屈強な戦士だろう、冷静な思考を取り戻せ……ダメだ、好きになっちゃう！

「すぐに信用しろ、なんてことは言わないよ？　でもね、話だけでも、聞いてほしいの……」

雪代《ゆきしろ》の整った顔が俺の顔のすぐ隣にある。

まつ毛が長い。一瞬だけ互いの頬が触れ合った。囁《ささや》きとともに、ぬるい息が耳にかかる。

「わかった、わかったから一度離れよう、雪代。この距離だと話しづらい」

「やだ、宮古《みやこ》って呼んで？」

パーカ越しに雪代の胸が押しつけられて、潰れた。柔らかく温かい女の体。

俺の足を雪代の太腿《ふともも》が撫《な》でる。衣服を隔てていても、彼女の肉付きは鮮明に伝わってきた。

「っ、いいや、雪代だ。その手には乗らない。俺は訓練を受けた身だ。だから――」

「えいっ」

――かぷり。

母さん、お元気ですか？　あなたの息子は今、女子に耳を噛《か》まれました。

「降参！　降参だ、宮古《みやこ》ちゃん！　話でもなんでも聞くから離れてくれ！」

万夫不当《ばんぷふとう》の天才・久原京四郎《くはらきょうしろう》、あまりにも無様《ぶざま》な完全降伏の姿だった。

耳はずるいってー。

雪代《ゆきしろ》はすぐに体を離して、両手を顔の横に添えながら楽しそうに笑っていた。

──可愛《かわい》いなあ、ちくしょう！

「あははっ、冗談だよ！　久原くんは面白いねっ！」

「お前、いつか目にもの見せてやるからな……！」

高鳴る胸の鼓動を抑えながら、俺は負け惜しみを言うことで精一杯だった。

「大丈夫、心配しないで？　私の目的は、久原くんの利益にもなるんだから」

そう言って、雪代は俺を見る。

輝くような少女らしさと香るほどの妖艶《ようえん》さを瞳に滲《にじ》ませて、少女は俺を見つめていた。

雪代宮古、ストレングスの一年生。

自分の魅力を知り、それを使うことに躊躇《ためら》いをもたない女。

彼女こそ、まさしく俺が最も苦手とするタイプの女だった。

「お待ちしておりましたよ、久原さん。大変なご活躍に、私《わたくし》としてもどのようにお礼を申し上げたものやら。それにしても、人生とはわからないものですな、自分の目が節穴であることを嬉《うれ》しく思う日が来ようとは夢にも思いませんでした」

一足先に霧島《きりしま》が戻ったあと、アトリエにも妨害の手が及ぶかもしれないと懸念した白上《しらかみ》の提案で、彼女たちはトレーダー《商売の館》のエリア内にある白上の個人事務所へと避難を行っていた。

そこへ俺が雪代を連れて合流し、聴取に来ていた警察に諸々《もろもろ》の面倒な部分を省いた大まかな説明をしたのち、白上のおべっかの波に飲まれて今に至る、というわけだ。

「作品の危機を未然に防ぐばかりか、紗衣《さえ》さんのスケッチブックを守りぬき、さらには雪代さんの身柄まで確保して戻られた。二兎《にと》を追う者は一兎《いっと》をも得ずと人は言いますが、いやはや、久原さんに限って言えば、それは正しくない言葉のようですね」

デスクに腰かけた白上は、口元に運んだコーヒーカップを僅かに傾けた。

「でしょ、すごいから、きょうちゃん」

「ええ、まったくです。さすが風香《ふうか》さんのご友人。お見それいたしました」

ソファに座る風香は、隣で同じように座っている俺よりもなお得意げな笑みを浮かべた。

今回の件で唯一蚊帳《かや》の外にいたというのに、なぜそのような態度を取れるのかは全くの謎である。たぶん、答えは彼女が有馬《ありま》風香ちゃんだからだ。

「ああ、一応お伝えしておきますと、追跡中に起きた事故では怪我人もなく、交通整理も早々に終わったようですので、二人ともご安心ください」

「そうか、それはよかった……って、ホントに？　ホントに怪我人ゼロ？　あれで？」

見た目ほど被害は酷《ひど》くなかろうと思ってはいたが、さすがにゼロということはないだろう。

「五才星市《ごさいせいし》の防御システムを甘く見てはいけませんよ、久原《くはら》さん。この街では、学生にかけられている多額の保険金や有事の賠償金を払うくらいなら、と数多《あまた》の企業が威信をかけて車両や道路の安全確保に取り組んでいるのですから」

「……あー、そういうことか」

一流のアーティストの手やアスリートの足には莫大な額の保険がかけられていると、確かに聞いたことがある。ちなみに保険は俺も入ってる。生命保険。絶対に死んでやらないけど。

「しかし、このようなタイミングでご縁ができるとは思いませんでしたね、雪代《ゆきしろ》さん」

カップを置いた白上《しらかみ》が言う。相変わらずの、端正に作り上げた粘土細工のような笑顔。

壁にもたれかかる雪代もまた、自然の産物であるかのようにみえる微笑《ほほえ》みで応える。

「えっと、どういうことかな?」

「昨年の国体では見かけませんでしたが、雪代宮古《みやこ》さんと言えば、フィギュアスケートの特別強化選手の候補にも名前が挙がったお方です。たしか、最高成績は全日本ジュニアの第三位だったと、私は記憶していますよ」

「正確には全国中学スケートだけど……あはは、そんなことよく知ってるね!」

「我々トレーダーは有望な人材を常にリサーチしておりますので、私《わたくし》でなくとも雪代さんに注目している者は多いでしょうな」

雪代は曖昧《あいまい》な笑みを浮かべながら、白上にどう返すべきかを考えているようだった。

一方で俺は、雪代の経歴について思考を巡らせていた。

フィギュアスケートの選手。それが事実だとすれば、雪代宮古という人物について、いくらか納得のいく点が生まれる。

肉体の能力だけでなく、美しさや芸術性という指標によって評価される競技であるフィギュアスケートの世界で彼女が育ってきたのだとすれば、他者の警戒を解き好意を抱《いだ》かせるあの作為的な動作も、そうした技術の一つなのだと理解できる。

「――そんなことはどうでもいい」

俺の思考を一刀両断したその声は、向かいのソファから真《ま》っ直《す》ぐに飛んできた。

霧島《きりしま》はスケッチブックを膝に置いたまま、雪代《ゆきしろ》を睨《にら》みつけている。

「その女は倉庫に忍び込んで、私のものを奪い取ろうとした。ハイドラ社とかいう下種《げす》どもの命令でね。ハイドラ社って名前も、怪しいものだわ。全てひっくるめて私の個展を妨害するための嘘《うそ》だということも、十分にありえる」

「紗衣《さえ》さんの意見もごもっとも……ですが、雪代さんの魂胆はさておき、件《くだん》のハイドラ社にあやがついているということは、どうやら確かな事実のようですよ」

白上《しらかみ》は顔をラップトップに向けながら、目線だけを上げて雪代を見る。

「ここ数年、ハイドラ社は警備事業を縮小していますし、記録の上では売り上げも落ちています。ですが、その割に社長のウェルナー氏の財布の紐《ひも》は緩んでいるようで、これまでには見られなかった出費が増えています。人目を憚《はばか》る方法でたんまり稼いでいるのは明らかですな」

ハイドラ社のやり口の雑さを見た白上が、一人でからからと笑った。

「ねー、きょうちゃん」

蚊帳《かや》の外にいた風香《ふうか》が、同じく蚊帳の外にいる俺に耳打ちをしてくる。

「その、ハイドラ社って奴《やつ》ら、なんで紗衣ちゃんの邪魔してるの？」

「おお、根本的な質問が飛んできたな」

「その人たちも、芸術家なの？　それとも紗衣ちゃん、なんかした？」

「ちょっと、私にも責任があるみたいな言い方しないで。知らないわよ、そんな奴ら」

急に白羽の矢が立った霧島は露骨に顔を顰《しか》めた。

それを見て、白上がもう一度笑う。

「ハイドラ社は依頼を受けて妨害を行うゴロツキの集まりに過ぎません。個展の失敗を願っているのは、紗衣さんのスポンサーと同じように学生へ投資を行っている市内の企業です。紗衣さんが名を上げれば自分たちが投資している学生の商品価値が相対的に損なわれる可能性があるので、そうなる前に芽を摘んでしまおうという腹づもりでしょう。浅ましいものです」

「だそうだぞ、わかったか？」

「おっけー、完璧」

「じゃあ説明してみろ」

「ハイドラ社、めっちゃ悪い」

「よし、お前に教えることはもう何もない」

「育てることを諦めないで」

呆《あき》れたように霧島がため息をつく。

そうね、風香ちゃんにはちょっと難しかったね。

要するに、自分の庭に咲く花の価値をいかに上げるか、という話だ。

これには二つの方法がある。

一つは手間暇かけて水と肥料をやり、美しい花が咲くように育ててやること。

そしてもう一つは、他の全ての庭に毒を撒《ま》いてしまうこと。花が咲いている庭がこの世に一つしかなければ、そこに咲く花がいかにみすぼらしかったとしても価値が生まれる。

若き才能を育てる楽園などとは言うものの、水を撒く側からしてみれば、他人が囲っている才能なんてものは全て自分の商売の邪魔をする厄介者に過ぎないということだ。

「ハイドラ社の事情も、依頼した会社のことも、そんなものに興味はないわ」

呑気《のんき》になりかけた場の空気を一息に飲み干すように、霧島《きりしま》は言った。

自身が不機嫌であることを隠そうともしないその声色《こわいろ》には、いくつもの棘《とげ》がついていた。

「要するに、ハイドラ社が違法な手段で学生の妨害をしている事実を警察に説明すれば事態は収まるし、その女と手を組む必要もないってことでしょう」

「うーん、そう簡単にはいかないと思うなあ」

霧島を雪代《ゆきしろ》が否定する。それを聞いた霧島は敵意を乗せた視線を雪代に返した。

しかし、雪代の態度は変わらなかった。相変わらず、笑っている。

「紗衣《さえ》さんには申し訳ありませんが、私も彼女に同意です。ハイドラ社も妨害稼業を何年も続けているようですし、今更になっていち生徒が通報したところで、警察を抱き込んで隠蔽《いんぺい》されるのがオチでしょう。彼らもその程度の下準備は済ませているはずですからね」

「……なら今回の件は？　爆弾騒ぎについては、すでに警察も介入している。そこから芋づる式に捕まえられるでしょう」

「残念だけど、それもそうはならないの」

霧島の言葉を否定したのは、やはり雪代だった。

「この後すぐにストレングスの上層部と出資企業が介入して、警察と多額の金銭取引をする。するとね、今回の事件は、何も起きなかったものとして処理されるの。爆破は起きなかった。だから妨害の事実もない。カルチュアのエリアに忍び込んだストレングスの生徒が転んで怪我をした、ただそれだけ。ちょっとだけ危ないおもちゃは燃えないゴミに出して、万事《ばんじ》解決」

「……学園と五才星市《ごさいせいし》に酷い癒着があるという話は噂《うわさ》に聞いていたけれど、ここまで腐っているとは、さすがに思わなかったわね」

「この程度の腐敗は、机に積もった埃のようなものです。もっと酷い、紗衣さんが思わず目を逸《そ》らしてしまうような悪意や欲望が、この街にはいくらでもあるのですよ」

——学園、そして五才星市の腐敗。

利権と収益を生む若い才能を守るためなら、倫理や道徳は端へ追いやられる。

驚きはしない。人と金が集まる場所では、大なり小なりこういうことが起きるものだ。

とはいえ、ぶっちゃけどうかとは思うけどね。倫理とか道徳とか、やっぱ大事だよ？

「この問題はそうそう簡単には解決しないってこと、わかったかな？　……それでも私は、奴《やつ》らを表立って告発したいの。そのために、みんなと協力したい」

「お話はわかりました。ならばお聞きしますが、雪代《ゆきしろ》さんが彼らを潰したい理由とは?」

「ちょっとわけあって、奴《やつ》らに弱みを握られちゃってねー。だから自由の身になりたいっていうのもあるけど……。そもそも、不当な方法で評価や資金を得て、誰かを踏み台にしてのし上がる、そんな奴らが許せないっていうのは、人として真っ当な感情でしょう?」

白々《しらじら》しいなー。どう考えてもそんな正義感で動くタイプの人間じゃないだろ、お前。

むしろ冴《さ》えわたる俺の勘は、彼女がのし上がるためなら屍《しかばね》の山をスパイクシューズで踏み越えていく類の人間であると推測している。口にしたら揉《も》めそうだから黙っておくけれども。

「弱みを握られた私は、霧島《きりしま》さんの個展を妨害するように命令された。スケッチブックを狙ったのは、奴らに見せる成果が必要だったから、持ち運びやすいものを選んだだけ。奴らを油断させて、その間にハイドラ社を潰すための準備をするつもりだったの」

霧島が胸に抱いたスケッチブックを眺めながら、雪代は言う。

なるほど、とりあえず話の筋は通っている。とりあえず。

「それが大事なものだったなら謝るよ。ごめんなさい。だけど、私としてはできるだけ被害が少なく収まるものを選んだつもりってことも、わかってほしいな。私だって、本当は頑張ってる誰かの邪魔なんてしたくないし、ハイドラ社のことは許せない。そこは一緒なんだよ」

……まあ、全ての内情は話していないものの、言葉に嘘《うそ》はなさそうだ。

他人に知られたくない事情の一つや二つ、持っているのが思春期というものだろう。

雪代の言葉を聞いても、霧島は首を縦には振らず、しかし殊更《ことさら》に拒絶することもまたしなかった。霧島なりに、雪代の事情とやらを慮《おもんぱか》っているのだろう。目を伏せてスケッチブックを抱く手に力を込めるその様子からは、真偽の判断、そして理屈と感情の狭間《はざま》で揺れる霧島の葛藤《かっとう》が読み取れた。

空気は重苦しく、会話はしばらくの間、それ以上の進展をみせなかった。

「……ねえ、きょうちゃん。気づいたこと、あるんだけど」

三人が話している間、ずっと黙っていた風香《ふうか》が口を開いた。

ソファに座る風香は、彼女にしては珍しい、真摯《しんし》な表情でこちらを見つめている。

「なんだ？　何か不信な点でもあるのか？」

「お腹《なか》すいた。メロンパン、あげなきゃよかった」

「……そうだな。お前に緊張感を期待しちゃいけなかったな」

「腹へったー。めしくわせろー」

伸ばした足の先に引っかけたスリッパをぱたぱたと揺らしながら、風香は駄々をこねる。

「ふふ、そうですね、気づけば随分と時間も経っておりますし、沈黙は議論を進めません。ひとまずは腹ごしらえとしましょうか」

ラップトップをたたみ、白上《しらかみ》は霧島に視線を送る。

やはり肯定も拒絶も態度に示さない霧島《きりしま》の態度を、白上《しらかみ》は肯定と受け取ったようだった。呉越同舟《ごえつどうしゅう》とはいかないまでも、一時休戦、といったところだろう。

「そしたら寧々子《ねねこ》、キッチン借りるわよ。いつもどおり食材は適当に使わせてもらうから」

「いつもすみませんね、紗衣《さえ》さん」

「別にいい、気晴らしくらいにはなるしね。久原《くはら》、あなたもついてきて」

「お前、料理できるのか？　言っておくが、弁当を皿に盛り分けるのは料理と呼ばないぞ？」

「ご忠告どうも。言っておくけれど、それ以上無駄口を叩《たた》くならあなたの昼食は箸《はし》だけよ。あなたでも、皿を並べるくらいならできるでしょう、手伝って」

言うなり、霧島は立ち上がって二階へ向かってしまった。

部屋を出る時も霧島は、大したものではないと言っていたスケッチブックをその手にしっかりと持っていた。

＊＊＊

事務所の二階にはゆったりとした居住スペースが拡《ひろ》がっていた。

仮にも学園敷地内だというのに、大型のテレビやオーディオアンプまで置かれている。

誰かと暮らしている形跡もなし、一人暮らしなのだとすれば、高校生なのに豪勢なものだ。

たとえ学生であっても、才能さえ認められれば多くを与えられるのが五才星市《ごさいせいし》という街なのだ。あるいは校舎で頻繁に寝泊まりしなければならないほどの過酷な環境を学生に強いているだけとも言える。私立五才星学園《ごさいせいがくえん》、実にブラックである。

ちなみに俺は、学園運営が用意した学外の一戸建てで暮らしている。

元は学園所有の撮影スタジオだったらしく、家具家電も一式揃《そろ》っており、超快適である。

「久原、上の棚に緑茶の葉っぱと急須《きゅうす》があるから淹《い》れておいて。ポットはそこに置いてある」

作業着にエプロン姿の霧島は、鍋に入った味噌汁《みそしる》の様子を見ながら冷水にとったほうれん草を絞っている。隣のフライパンでは豚肉の生姜《しょうが》焼きが香ばしい匂《にお》いを漂わせていた。

特に慌てる様子もなく並行して調理を進める様子は、その動作が一朝一夕で身についたものではないことを表していた。

「……寧々子ったら、またパックのお米を切らしてるわね。悪いけれど、あとで購買に行ってきて。場所は風香《ふうか》が知ってるから、気晴らしに連れて行ってあげて」

「構わんが……ずいぶん慣れてるんだな。料理はよくするのか？」

「今は忙しいから、出来合いのもので済ませる方が多いけれど……これは、そうね、昔取った杵柄ってやつ。祖母がお惣菜屋《そうざいや》さんをやっていて、よく手伝っていたから」

「ほう、それは素晴らしい。あれか、世に言う花嫁修業というやつか」

「何それ？　まだいるのね、今時そんな言葉を使う人」

む、どうやらこれは日本におけるナウなワードではなかったらしい。

あちこち飛び回ってると微妙にズレるんだよなあ、こういう感覚。

ともあれ、ここで俺の正体が日系アメリカ人であることがバレると説明がややこしくなるので、少しばかり軌道修正といこう。

「しかし花嫁と言えば、あれだな。今のお前はまさしく、《なにかひとつ古いもの《Something old》》の歌に出てくる結婚式の花嫁にぴったりだな」

「……知らないわ。なんなの、それ」

「よく言うだろう。《なにかひとつ古いもの、なにかひとつ新しいもの》って奴《やつ》だ」

「ああ、サムシング・フォーのこと。意外にものを知っているのね、あなた」

……日本では呼び名が違ったのか。まずい、話せば話すほど文化の違いが露呈していく。

というか、なんだサムシング・フォーって。よその家の持ち物に勝手な名前をつけるな。

これだからパンに餡子《あんこ》を入れようとする国の奴らは油断ならない。

なんだあれ、アメリカでも売ってくれよ。美味《うめ》えよ。

とにもかくにも、なぜ木村屋はアメリカに進出しないのだろうか。

なんだ、いまだに日米修好通商条約の件を根に持っているのか？　あれはごめんって。

「それで？　私の何が当てはまるというの？」

「ん？　ああ、そうだな。――新しいものは、そのピカピカのエプロンだろ？　このキッチンは白上《しらかみ》から借りたもので、青いものは、お前の頬に絵の具がついている」

「なるほどね。最後のひとつ、古いものは？」

「お前の凝《こ》り固《かた》まった価値観だ」

「あまり乱暴な言葉を使いたくはないけれど、ぶっとばすわよ」

うむ、綺麗《きれい》にオチがついたな。満足である。

霧島《きりしま》はじっと俺を睨《にら》んだあと、ため息をついて味噌汁《みそしる》に視線を戻した。

「まあ、別にいいわ。そもそも結婚願望がある方じゃないしね、私は」

「なんだ、そうなのか。女性とは誰でも一度くらいは花嫁に憧《あこが》れるものだと聞いていたが」

「それこそ凝り固まった価値観ね。少なくとも私の料理は花嫁修行とかそういうものじゃなくて……そう、おばあちゃん孝行みたいなものよ」

「どちらにせよ、大したものだ」

「それで、その、話は変わるのだけど……」

「雪代《ゆきしろ》のことか？」

「……そうよ」

霧島が俺をキッチンへ連れてきた理由については、なんとなく察しがついていた。

そもそも雪代の同行を許したのは俺だし、彼女についての意見を俺に言うのはまあ筋が通っていると言えるだろう。

「……あなたから見て、彼女は信頼できる相手なの？」

「わからんなあ、なにせ会ったばかりの人間だ。発言のそこかしこに含みも感じるし、ハイドラ社とやらの首輪もついてるみたいだし、怪しいか怪しくないかで言えば、そりゃあもう怪しいとは思うな、うん」

「一応言っておくけれど、私が今、包丁を持っているという事実は忘れないでね」

事前に忠告してくれるあたり、紗衣《さえ》ちゃん、激怒の一歩手前であった。

「あいつが信頼に足る人物なのかは、わからん。だが、ハイドラ社を潰したいという目的そのものに嘘《うそ》はなく、根っからの悪人でもなかろうと判断したからこそ俺は雪代《ゆきしろ》を連れてきた。現状で言えるのは、こんなところだ」

まあ、途中で裏切られることくらいはあるかもしれんけども。

それでも裏切られるデメリットよりも、あいつが持っている情報というメリットの方が今の霧島《きりしま》たちにとっては大きいはずだ。

あとは、さすがに雪代が原因で霧島たちに甚大な被害が及ぶことになれば、その時はいよいよ俺が介入して丸く収めればいいし。そのくらいの責任感は俺にもある。

みんなよかったね、俺という万能かつ最強無比のカードと出会うことができて。

「……そう。ならいいわ」

霧島は小さくそう言って、豆腐に包丁をいれた。

「なんだ、納得したのか？」

「いけない？　私が納得することは、あなたにとって都合がいいはずだけれど」

「それはそうだが……」

思ったよりもすんなりと話がまとまってしまって、きょうちゃんびっくりであった。

正直、どんなに反発されても適当なことを言ってうやむやにするつもりでいた。

「自分で言うのもなんだが、あんまり納得されるような説明の仕方じゃなかったと思うぞ？」

「たしかにそのとおりね。実際のところ、全てを納得してるわけじゃないし。それでも私は、その……なんていうのかしらね」

霧島は豆腐を切る手を止め、包丁を置いて口元に指を当てた。それから少しの間、何か考え込むようにして、俺には聞こえない独り言を呟《つぶや》いていた。

「……ダメだわ、うまくまとまらない。もういいでしょう、私が納得したんだから」

「なんだ、気になるじゃないか」

「苦手なのよ、仔細《しさい》を嚙み砕《かくだ》いて説明するのは、昔から」

話を変えましょう、霧島はそう言って、これまでの会話を流すように手を洗い始めた。

「さっきは私の話をしていたけれど、あなたは料理、するの？」

「俺か？　そうだな……」

「別に見栄を張る必要はないわよ？　私から聞いておいてなんだけど、正直に言って、あなたに家庭的な印象はないもの」

「できない料理、なにかあったかな……」

「料理の前に、あなたは謙遜《けんそん》というものを覚える必要があるみたいね」

霧島《きりしま》は呆《あき》れたようにこちらを眺めて、小さなため息をついた。

「とはいえ、そう、料理するのね……。ええ、あなたにも少しは見直すべきところがあったようで、何よりだわ」

それから霧島は俯《うつむ》いて、なにか考えるような、躊躇《ためら》っているような、少しの静寂を作った。

俺は壁に寄りかかったまま何を言うでもなく、その静寂を聞いていた。


「──見直すと言えば、落ちこぼれと呼んだこと、撤回するわ」


鍋の火を止めながら、霧島は呟《つぶや》くように言った。

「なんだ、突然どうした?」

「二度も助けられた。そのどちらも、私には不可能なことだった。私にできないことをしたあなたを、不当に低く評価することはできないわよ」

こちらへ顔を向けることもなく、霧島はゆっくりと味噌汁《みそしる》をかき混ぜる。

一方で、俺の視線はキッチンの端に置かれたスケッチブックへ向けられていた。

「あれ、大切なものだったのか？」

「いいえ、言ったでしょう？　中に書いてあるのはただのラフスケッチ、倉庫の完成品に比べたら、とても価値のあるものじゃないわ」

「世間的な価値がないものを大切に思うことだってあるだろう」

落ちこぼれという立場を守ろうとする間抜けな人間もいるように。

悩みも思い入れも意味合いも、他人には推し量れないものだ。

「……そうね、あの中には、私が学園に来る以前に描いていたアイデアが詰まってる。思い入れがないと言えば、嘘《うそ》になるわ」

「なるほどな、役に立ったようで何よりだ」

「ええ、感謝の言葉は、言わないけれど」

そう口にして、霧島は少しだけ口元を綻《ほころ》ばせる。

それは、俺がはじめて目にした彼女の柔らかな表情だった。

霧島がそのような態度を見せたのは、もしかしたら、ほうれん草に和《あ》えている練りごまの香りが、気難しい彼女の心を解きほぐしたからなのかもしれないと、俺は思った。

その微笑《ほほえ》みは俺の目に、なぜだか言葉のようにも見えた。

＊＊＊

「――なんかさ、考えてるよね」

霧島《きりしま》に頼まれた買い出しを終え、俺と風香《ふうか》は二人、購買から白上《しらかみ》の事務所へ歩いていた。

「……すまん、もう少し詳しく」

「あー、えっとね」

隣を歩く風香はお菓子が入ったビニール袋を揺らしながら空を見上げる。

「みんな考えてるよね、色んなこと。これからのこととか、色々」

「それは、霧島や雪代《ゆきしろ》のことか？」

「それもそうだけど、みんな」

風香はそう言って、道の脇にいる学生たちへ視線を送った。

ジャージを着た一般女生徒らがランニングを終えて戻ってきた仲間にタオルを渡している。彼女たちの隣にはハードケースに入った大きな楽器。おそらくは吹奏楽のチームだろう。

それから風香は、台車で水槽を運ぶ白衣の青年や、道路の向かいにある広場でバスケットボールをする学生たちを順番に眺めていった。

誰もが楽しそうに、苦しそうに、寂しそうに、俺がパンフレットで見たものと同じ表情をして、それぞれの時間を過ごしている。

みんな——なるほど、みんなだ。

「風香は考えたりしないのか？　卒業したあとのことや、来年どうしてるのか、とか」

「考えるけど、なんか、離れてく」

歩きながら、風香は視線を少しだけ後ろに送った。

「全部、外にあるじゃん、そういうの。だから、離れてく。でも紗衣《さえ》ちゃんや寧々ちゃんや、たぶん宮古《みやこ》ちゃんも、しっかり内側にあるから、離れていかない」

「なるほど、外と内側、ね……」

おそらくはこだわり、あるいは行動原理について、風香は語っているのだろう。

評価や反応、人からどのように見られるかということに風香は固執しない。

社会の中でどうあるかということに、彼女はこだわらない。

周囲、環境、社会、つまりは外。

翻って、内側。

霧島はどうやら、創作というそれ自体に意味を見出《みいだ》し邁進《まいしん》している。彼女にとって創作が特別な意味を持つからこそ、そこに固執し、スポンサーや評価を追い求めているらしい。

精神的な欲求や衝動から生まれる目的意識、つまりは内側。

その内側にあるべきものが、自分にはないと。

風香《ふうか》が言っているのは、つまりこういうことなのだろうか。

「なんか、水族館みたいな感じ、そういうのって」

「あー、決定的にわかんなくなったわ。もう聞いていい？　え、なに、どういうこと？」

ごめんなさいね、なんかフィーリングで通じ合う感じのエモい空気をぶち壊しちゃって。

でも無理だわ、ここにきての水族館はもう解釈の限界を超えてるもの。

コミュニケーションにおいて大事なのはフィーリングじゃなくて伝達力なんだよ。

「触れそうじゃん、見てると、魚とか」

「……なんとなく、伝わった」

「ふふっ、じゃ、おっけーってことで」

要するに、水族館に展示されている魚とは一見隔たりがないようにも見えるけれど、実は分厚いガラスの水槽によって居場所が明確に分けられている、ということだろう。

風香にとって先々のことは触れることのできない隔絶された領域にあるものであり、だからこそ確かな実感が湧《わ》かず、そのため考えても輪郭を持たないまま不確定な存在として……。

うん、なんか、そんな感じっぽいわ。

もうやめようよ、会話に十分な理解を求めるのとか。

コミュニケーションにおいて大事なのは伝達力じゃなくてフィーリングだから。

今この瞬間のエモさを大切にしていこうぜ。

「――おう、久原《くはら》、そんなところで何してる」


放棄した俺の思考を呼び戻したのは聞き覚えのある、それでいて俺の眠気を誘う声だった。

「人の講義を抜け出して呑気《のんき》に散歩とは、まったくいい度胸だな」

「一応、講義は追い出されたんですけどね」

前方からやってきたのは、分子生物学界の権威にして、久原京四郎《きょうしろう》を真正面から叱りつける数少ない大人である本間《ほんま》教授だった。……再登場するタイプの人だったんだ、本間教授。

「そもそもお前が居眠りなんかしなければ……まあいい、で、何してる?」

「知り合いに頼まれて、買い出しですよ」

パックの米が入ったビニール袋を掲げて見せると、教授は顔を顰《しか》めた。

それから自身の禿《は》げ頭《あたま》を撫《な》でたあと、俺と風香を交互に見て、最後に風香へ視線を送る。

「……お嬢さん、私はここの教員だ。そこの男を、少しだけ借りてもいいかね?」

「え、ご飯、これからなんですけど」

「え、普通に俺が御免被《ごめんこうむ》るんですけど」

「久原、お前は黙っとれ」

教授は俺を睨《にら》んだあと、目をつぶって眉間《みけん》を押さえた。

「なに、五分もかからんうちにお返ししよう。だから、すまんが時間を取らせてもらうよ」

＊＊＊

風香《ふうか》から少し離れた自動販売機の前まで、俺と教授は歩いた。

遠くではベンチに腰かけた風香がスマートフォンを弄《いじ》っているのが見える。

「飲め、俺の奢《おご》りだ。こっちはあのお嬢さんにくれてやれ」

教授は自動販売機で買った缶コーヒーとペットボトルの紅茶を差し出してきた。

栓を開けてコーヒーを口に含むと、缶コーヒーに特有の金属臭が鼻を抜けていく。

「それで、あのお嬢さんはお前の女か？」

「そういう言い方をすると、近頃は謂《いわ》れもない誹謗中傷《ひぼうちゅうしょう》を受けるかもしれないからやめたほうがいいですよ。二一世紀は何かと厳しいので」

「茶化すな。こちとら一九四〇年代生まれだぞ？　古い人間が古い言い方をして何が悪い」

「アップデートしていきましょ、最近はカップルって言うんですよ」

「最先端はパートナーだ。お前こそアップデートしろ」

……なんで四〇年代生まれが最新のモードを知っていて、その上で抗《あらが》っているんだ。

「それで、彼女はお前の何なんだ」

「ただの友人です、いかがわしいことは何もありません」

「そうか、なるほど、友人か。……ああ、それは実に残念だ」

教授はスラックスのポケットからハイライトの箱を取り出して、一本の煙草《たばこ》を口に咥《くわ》えた。

「教授、学園敷地内は全面禁煙です」

「携帯灰皿を持ってるから気にするな」

「携帯灰皿は喫煙御免状ではありません」

「なら、この学園で俺に説教できる奴《やつ》を呼んでこい」

年功序列のトップに君臨し、実力においても学界の権威である男は割と横暴だった。

「――入学時に書いたお前のレポートを読んだぞ、久原《くはら》」

「えっ……あの『エアパッキンをいつまでもプチプチと呼び続ける現代社会から読み取る衆愚政治の行く末』を全部読んだんですか？」

アカデミア入学およびストライキ敢行のために飛行機の中ででっち上げた、我ながら最悪としか言いようのないあのレポートを全文だと……？

「あまりにも愚かな内容で、他の若造どもはけして認めないだろうが、俺にはわかる、あれは馬鹿には書けん。……俺も途中、怒りで三度ばかり文書を壁に投げつけそうになったがな」

「それ、褒め言葉として受け取っていいんですよね？」

「馬鹿もん、叱っとるんだ。――なあ久原よ、お前はどうしてこの学園にやってきた」

「……もしかしてこれ、若者を構いたがる年寄りから説教を聞かされる雰囲気ですか?」

「いいから答えろ、まったく口の減らん男だ」

組んだ腕の先で煙草《たばこ》を揺らしながら教授は言う。

「この学園に来たのは……成り行き、ですかね」

「そうか。成り行きでやってきたお前にとって、勉学は魅力的ではなかったか?」

「魅力的というのが心血を注ぐに値する、という意味なら、見てのとおりです」

久原京四郎《くはらきようしろう》は万能だ。心血を注がずとも、世の中の大抵のことは成し遂げられてしまう。

自動販売機で缶コーヒーを買うことに、魅力や達成感を覚える人間はいないだろう。

「……俺にはな、久原、勉学はこの世の何より魅力的だった」

背筋をしゃんと伸ばしたまま、教授は皺《しわ》の多い顔で俺を見上げた。

「七つの時分に学問の戸を叩《たた》き、早七〇年。金も女も酒も仲間も、たった一つの学びを得る喜びに比べたら、手放すことになんら迷いはなかった。唯一、煙草《こいつ》だけは手放せなかったがな」

俺の耳には聞こえない、しかし確かに鳴っている思い出の歌を聞いているような穏やかな顔をして、教授は煙草を唇の真ん中で咥《くわ》えた。

「世の人が尊ぶ全てを捨てて、時間と情熱の一切を書に注いだ。——楽しかった。他には何も求めなかった。お前もそうであることを俺は望む。しかし、あのお嬢さんがお前の情熱を注ぐ相手だというのなら、それでもよいと思ったのだが……なるほど、友人だったか」

ゆっくりと白い煙を吐きながら、教授は言った。おそらく多くの感情が含まれていたのであろうその煙は、西から吹いた少しの風に煽《あお》られて消えていった。

「……教授はなぜ、この学園で教鞭《きょうべん》を執《と》ろうと?」

「齢《よわい》六〇を過ぎたあたりで、教え育てることを覚えた。それは人生を学問に捧げる俺に与えられた、何よりのご褒美のように思えた」

言葉の最後に、咥えた煙草の先が震えた。小さく、しかし雄々しく。

それは、彼を老齢と呼ぶにはあまりに若々しい興奮の姿だった。

「教授、素人《しろうと》質問で恐縮ですが、よろしいでしょうか?」

「なんだ、言ってみぃ」

「――青春とは、いったいなんでしょうね?」

俺の言葉を聞いて、教授は驚いたような顔を俺に向けたあと、噎《む》せるように笑った。

「知れたことよ。金も女も酒も仲間も捨てて我が身を投じるその瞬間、それが俺の青春よ」

教授は最後に煙草を一口吸って、携帯灰皿で揉《も》み消したあと、風香《ふうか》がいるのとは反対の方向へと歩き出した。

「お前の青春とは何か――学べよ、久原。この老いぼれがいまだ青春の真ん中にいるというのに、それを諦めるには、お前はまだまだ若すぎる」

まっすぐに伸びた背をこちらへ向けて、教授はひらひらと手を振った。

その姿を見つめたまま、俺は缶コーヒーの残りを一息に飲み干す。

「……しっかり説教、受けてしまったな」

悔し紛れにそう言いながら、俺もまた、教授に背を向けて歩き出した。

久原《くはら》京四郎《きょうしろう》は万能だ。万能であり、完璧だ。

しかしそんな俺も、年の功というやつだけは、まだ身につけてはいないのであった。

＊＊＊

「これは私《わたくし》の想像ですが――そう、ハイドラ社に握られてしまったという宮古《みやこ》さんの弱みについて、です。違法行為の決定的な証拠を押さえようとしたところを、逆に不都合な情報……たとえば、彼らの取引現場に使われた立ち入り禁止区域に宮古さんが侵入している写真を撮られてしまったとか、そんなところだろうと思うのですが、いかがでしょうか？」

「あははっ、白上《しらかみ》さんは想像力が豊かなんだね、どうしてそんな風に思うのかな？」

値踏みをするような白上の視線を受けて雪代《ゆきしろ》は困ったような顔を浮かべる。困り顔の中にも笑みを絶やさない雪代の姿からは、会話の制空権を渡すまいとする彼女の意地が見て取れた。

「それはもちろん、同じような状況で違法企業に首輪を嵌《は》められた哀れな学生を、これまで何人も見てきたからですよ」

「……私もその、マヌケな学生の一人だって言いたいわけ？」

雪代《ゆきしろ》の瞳の奥に、ほんの少し陰りが差す。それを、白上《しらかみ》は楽しげに見つめている。

「その判断はこの先、宮古《みやこ》さんがどれほどのご活躍を見せるかにかかっておりますので、私《わたくし》としては、期待せずにはいられませんね」

「うん、そうだね。……きっと期待に応えられると思うよ」

白上の挑発的な態度を雪代は真正面から受け止めて、その……うん。

「……あの、そろそろ入ってもいい？」

「あ、久原《くはら》くん、おかえりー」

「おや、戻られましたか。買い出しお疲れさまでした」

外出から戻ったのち、風香《ふうか》に荷物を預けて事務室へ入ると、白上と雪代が二人きりで話していたのだった。めちゃくちゃ入りにくい雰囲気で。

怖かったー。ＪＫが二人で談笑してる場に流れる空気って、こういうのじゃなくない？

こんなことなら俺も風香と一緒にキッチンに行ってご飯をチンしていればよかった。

「しかし、あらためて宮古さんと面識ができたことを私《わたくし》はとても嬉《うれ》しく思いますよ」

粘土細工の笑顔を白上から向けられた雪代は、気にすることもなく微笑《ほほえ》みでそれに応える。

「またそれ？　だから、営業をかけても今の私に大した商品価値はないってば」

「そう、それです。中学時代は非常に優秀な成績を収められていたにもかかわらず、昨年の国体はエントリーすらもされなかったようですが、何か理由がおありで？」

　雪代が視線を伏せる。その仕草は、どこまで真実を話すべきかを悩んでいるというよりは、胸の奥にある重たい事情を口元まで引き上げるのに手間取っているようにも見えた。

　そして顔を上げた雪代は、先ほどまでと同じ微笑みを取り戻していた。

「えっとね……ほら、私って、みんなの中でも一番胸が大きいでしょう？」

「――お前は突然何をぶっちゃけているんだ」

　思わずツッコミを入れてしまった俺に対し、雪代はいたずらな視線を向けて、パーカの腹部を手で絞った。……そうすると、ね、ほら、とある一部が、やけに強調されるというかね。

　大変に魅力的かつ吸引力のある雪代のポーズから逃げるため、俺は咄嗟《とっさ》に視線を逸《そ》らした。

「こんな感じで、三回転半が跳べなくなっちゃったんだよね、私。だから、国体に出ても成績に傷をつけるだけだったの。それで去年はずーっと根回しに奔走してたってわけ」

　女性アスリートの体型維持という観点において、フィギュアスケートほど過酷な競技も他にない。わずかに増えた起伏による風の抵抗や、避けられない身長と体重の増加。本来は成長と呼ばれるべき肉体の変化が、彼女たちから空を奪い去っていく。

　一説によれば、女子フィギュアスケートのピーク年齢は一五歳とまで言われているらしい。

「……なるほど、それは納得です」

「あははっ、だから言ったでしょ？　今の私に大した商品価値はないって」

「いえ、そちらではありません。私《わたくし》が納得したと申し上げたのは、宮古《みやこ》さんがハイドラ社に近づいた理由について、です」

「……えっと、私の体型の変化とハイドラ社は関係ないんじゃないかな？」

「それは宮古さんが身を投じる種目がフィギュアスケートでなければ、という場合の話です。正直に申し上げて、私はあれほど場外戦術が結果に直結する競技を他に知りません」

――場外戦術。それは、なるほどその通りかもしれない。

フィギュアスケートには演技構成点という、ジャンプやスピンなどの技術ではなく、振りつけや音楽の解釈などを総合して採点する項目があるのだが、これがなかなかにくせ者なのだ。あえて極端な言い方をすれば、この項目は、審査員による恣意的な採点が可能なのである。

これは美しさという能力で競い合うこの競技が長年にわたり抱えてきた大きな問題だ。

「ハイドラ社という違法企業と生徒の繋《つな》がり、ストレングスが抱えるその問題を解決すれば、宮古さんは学部内で一定の評価を得られるでしょう。その評価は積み重なるうちに、いつしか影響力という単語に言い換えられる」

そして、影響力は時に技術よりも大きな吸引力に姿を変えて、結果をもたらす。

なんともまあ、現代スポーツも極まれり、という風情だ。

「……仮にそうだったとして、だったらどうするの？　もしかして、スポーツマンシップとかを求められてたのかな、私」

「いえいえ、滅相もありません。スポーツマンシップも商品のパッケージとしてはたしかに優秀な文言《もんごん》ですが、そんなものは消費者に見せる分だけあればよいのです」

白上《しらかみ》は組んだ脚の先を揺らしながら、なんとも爽《さわ》やかに言い切った。

「むしろ、私は宮古さんに好感を覚えますよ。政治力がなければ技術の戦場に辿《たど》り着《つ》けない世界ならば、場外の争いに身を投じないことは、もはや怠慢であるとさえ言えるでしょう」

「……なるほどね、そういう考えの人なんだ、白上さんって」

「ええ、ええ、陰謀や裏の掻《か》き合《あ》いはドラマを産み、人はドラマに御足《おあし》を払うのを好みます。世間を賑《にぎ》わしてこそのエンターテインメントなれば、どうぞ存分に暗躍されるがよろしい」

「――性悪《しょうわる》が揃《そろ》って腹の探り合い？　そんなものに興味はないけれど、料理が冷める前に食べてもらえないかしら」


二人の間に沈殿する重苦しい空気を割くように、味噌汁《みそしる》の香りが鼻に届く。

振り返ると、大皿の載ったお盆を両手に持った霧島《きりしま》と風香《ふうか》がいた。

「おや、お疲れさまです、紗衣《さえ》さん。聞いていたのですか？」

「ええ、フィギュアスケートがろくでもない競技だって話をしているあたりからね」

そう言いながら、霧島は風香と共に、慣れた様子でテーブルに皿を並べていく。

雪代《ゆきしろ》には目もくれず、お前の事情など知ったことではない、と言うように淡々と。

「……期待外れだったかな？　それとも、予想通り？　競技も選手も、フィギュアが客席で見てるほど綺麗《きれい》なものじゃなかったこと」

「言ったでしょう、そんなものに興味はないって。でも、そうね、寧々子《ねねこ》が話していた怠慢というものについては、多少の理解を示さないでもないわ」

各々の前に箸《はし》を並べ、外したエプロンを折りたたみながら霧島《きりしま》は言う。

箸や皿は、雪代の前にも整然と並べられている。

「一応聞いておくけど、霧島さんは私の同席を許してくれたってことでいいの？」

「いちいち言葉にしなければわからない？　なら、勝手に受け取ってちょうだい」

俄《にわ》かにバツが悪そうな雪代には目もくれず、霧島は先に座っていた風香《ふうか》の隣に腰を降ろす。

雪代はそれを受けて、なんとも腑《ふ》に落ちない表情でこちらを見た。

……なんだ、俺は何もしてないだろうが。文句は受けつけないぞ。

そんな俺たち二人の様子を眺めて、逆に霧島は少しばかり溜飲《りゅういん》が下がったような表情を浮かべていた。

「さあ、食事にしましょう。あなたたちの境遇も思惑も知ったことではないけれど、私が自分の作った料理を残されるのが嫌いだということだけは、忘れないでもらえると助かるわ」

＊＊＊

「──あ、この茄子《なす》のお漬物、おいしい」

口元を左手で隠しながら、雪代は少しだけ目を大きくした。

「そちらは紗衣《さえ》さんのご実家からいただいたものですよ。よろしければ、少し包んでいかれるといいでしょう。いいですよね、紗衣さん？」

「ええ、あなたにあげたものなのだから、あなたの好きにすればいいわ」

霧島の言葉を聞きながら、雪代は漬物と紗衣の顔を交互に見つめる。

「……うーん、私から遠慮しておくよ。あんまり好きに食べるとバランスが崩れちゃうから」

「そう、大変なのね、アスリートという人たちは」

断られても気にする様子もなく、霧島はまた黙って箸を進める。

そして雪代は、漬物をまた一口とって名残惜しそうにゆっくりと噛《か》んでから飲み込んだ。

食事制限、基本ではあるものの、やはりアスリートの身体《からだ》は繊細なのだ。

ちなみに俺は好きなだけ食う。というか、出されたものは一つ残らず食う。

そうしないとカロリー不足で倒れちゃうからね。

戦場において、摂取カロリー量は活動可能時間に言い換えられるのである。

「そういえば有馬《ありま》さんはすごくスタイルいいけど、普段どんなふうに気を遣ってるの？　オススメのサプリとか、教えてほしいなぁ」

「え……うーん、なんだろ」

「モデルさんなら色々やってるんでしょ？　ねっ、教えてよ！」

うむうむ、女子高生らしい、というか学生らしい実によい雰囲気だ。——しかし。

「やめておけ、雪代《ゆきしろ》。その質問はお前が傷つくだけだ」

「？　どういうことかな？」

「わからんか？　なら仕方ない……風香《ふうか》」

「うーい」

「昨日なに食べた？」

「えっと……クリームパンと、グミと、ラーメン」

「昨日、どのくらい運動した？」

「夜、公園にカブトムシ獲《と》りにいった」

「昨日は何時に寝た？」

「わかんない。ゲームしながら寝落ちしてた」

「どうだ雪代、これがミス・パーフェクトボディ、有馬風香ちゃんの日常だ」

「ふふっ、照れるわ、なんか」

俺と風香はなんの意味もない自慢げな表情を雪代に見せつける。

そう、この有馬風香という女子こそ、どれだけ不摂生を重ねても太ることなく肌も荒れず、抜群のＢＭＩ値と健康状態を維持し続ける思春期の怨敵《おんてき》のような存在なのである。

ちなみに一応化粧はしているようだが、ほぼすっぴんだ。今日も可愛《かわい》いね。

「……ありえない。こんなことが許されていいわけないよ、久原《くはら》くん……」

「諦めろ雪代、人はそれぞれのカードで戦うしかないんだ」

「うん、宮古《みやこ》ちゃんも今度一緒に獲りに行こ、カブトムシ」

絶望する雪代に、俺と風香は優しく語りかける。

それはそれとして、カブトムシは俺も誘ってほしいな。

「──さて、紗衣《さえ》さんの美味しい料理にすっかり落ち着いてしまいましたが、そろそろ話を本題に戻すとしましょうか」

「というか、食事中にあまりぺらぺらと喋《しゃべ》らないでくれるかしら。お里が知れるわよ」

一足先に箸《はし》を置いた呆《あき》れ顔《がお》の二人に諫《いさ》められ、俺たちは本題を思い出す。

……若干一名、まだ現実に半分戻ってきていないが、そこはそれ。

「宮古さんは協力と仰《おっしゃ》いましたが、まだ我々はその具体的な内容を聞いていません。私としては、起死回生の一手に期待したいものですね」

からかうような、値踏みするような視線を白上《しらかみ》は雪代に送る。顔を上げた雪代は気持ちを切り替えるように手櫛《てぐし》で髪を整えたあと、待っていたと言わんばかりの笑みを返した。

「えっとね、ハイドラ社の仕事は三島《みしま》祥吾《しょうご》さんっていううちの三年生《ストレングス》が斡旋《あっせん》しているの。奴《やつ》らに弱みを握られてる私を除いて、他の生徒はハイドラ社と直接つながってないってわけ」

顔の横にもってきた箸《はし》の先をぴんと天井に伸ばしながら雪代《ゆきしろ》は言う。行儀悪いぞー。

「だから、三島さんを押さえればハイドラ社とストレングスの取引情報は全て奪い取れる。そのデータさえあれば、告発に必要な上層部へのルートは私が用意する」

「そのルートとやらを伺ってもよろしいですか？」

「ごめんね、これは私にとっても切り札だから簡単には明かせない。でも、データは白上《しらかみ》さんにも渡すよ。中立のトレーダーなら、私が繋《つな》がっていても怪しまれることはないしね」

雪代は白上の質問を両断した上で利益を提示する。白上も各企業の最大機密である裏取引の情報には価値を見出《みいだ》したのだろう。それ以上の追及をすることはしなかった。

なんか二人ともこなれてて嫌だな……。さっきの可愛《かわい》かった雪代を返してくれないかな。ほら見て？　風香《ふうか》ちゃんなんてずっと湯呑《ゆのみ》の模様を眺めてるよ？　みんなも見習っていこ？

「あなたのルートが使えなかった場合はどうするの？　内容もわからないものを信用することはできないわ」

「取引情報が手に入れば、私《わたくし》の方でも告発の用意をすることは可能です。むしろ問題はそのための手段でしょう。それだけ重要なものを、おいそれと渡してはくれないでしょうからね」

三人の意見を聞きつつも、俺は彼女たちの会話には参加せず、黙々と食事を続けていた。

後のことは当事者に任せ、ここで手を引く。

それがこの一件における俺の結論だった。

この先の事情に積極的な介入をする理由が俺にはなく、消極的である必要が俺にはある。

雪代は俺に協力しろと言ったが、その役割は白上にでも引き継げばいい。

というか、この漬物ほんとに美味《うま》いな……。

「三島さんは私と同じ学部寮組だから、接触して情報の在処《ありか》を聞き出すことはできるよ。だけど、私一人ではそれを奪い取ることができない。もしもの時、私じゃ三島さんに力で勝てないっていうリスクもあるしね。だから私は、作業を分担できる協力者が欲しかったの」

作戦は錬られるものの、それを実行できる人物、戦力が欠けているというわけだ。

作戦遂行に必要な人材――身につけたあらゆる技能を駆使して万難《ばんなん》を排し、余計な私的感情を抑制しながら常に理性的な行動がとれる高校生なんてそうはいない。

それこそ、幼少期から特殊な訓練を積んだ上で無数の実戦を乗り越えてきたような、常識ではけして考えられないタフな人生を送ってきた人間でなければ到底無理だろう。

いかにここが天才の楽園たる五才星学園《ごさいせいがくえん》であるといっても、それほど優秀な人物の登場を期待するというのは、さすがに夢見がちというものだ。

……まずいな、考えれば考えるほどにフリが成立していく。

いや、ダメだ。風向きは最悪だが、場の空気に流されるな。

すでに俺は八面六臂《はちめんろっぴ》の活躍を見せてしまっている。これ以上の栄光は、丹念に作り上げてきた落ちこぼれとしての立ち位置を揺るがしかねない。……すでに手遅れな気はするけど。

しかし、ここで挫けてはいけない。

これも全て、憎き父への意趣返しのためだ、久原京四郎《くはらきょうしろう》。がんばれ、久原京四郎。

「ですが、情報の在処《ありか》を聞き出してから必要な人材を集めたのでは時間がかかりすぎます。紗《さ》衣《え》さん本人に被害が及ばない確証がない今、我々は悠長に構えることができません」

「そうなんだよね……。でも焦ればリスクはあがる一方だし、もう弱みを握られてる私としては、これ以上の無茶はできないってことも、わかってほしいな」

できる限り迅速に問題を解決したい霧島《きりしま》サイドと、慎重さと確実性を重要視する雪代《ゆきしろ》。

両者の方針が示す先は平行線だ。

空気は重く、会話はしばらくの間、それ以上の進展をみせなかった。

＊＊＊

「――よーするに、さ」

部屋の沈黙に穴を空けたのは、深刻さなど微塵《みじん》も感じさせない声だった。

ようやく食事を終えて箸《はし》を置いた風香《ふうか》へ、皆の視線が集まる。

「よーするに、やっつければいいんでしょ、悪いやつ、みんな」

顔を上げ、一同へ自信たっぷりな表情を向けて、風香は言った。

「……だから、その方法を今こうやって考えているんでしょう」

呆《あき》れて溜息《ためいき》をつく霧島。その向かいでは、風香が何を言おうとしているのか測りかねている雪代が、表情に怪訝《けげん》そうな成分を少しだけ含ませていた。

わかるよー。俺も今、風香が何を言おうとしてるのかすっごく怖いもん。

「ね、きょうちゃん」

「……知らん」

「助けてあげよ、紗衣ちゃん、困ってるから」

——これだ。

この場に風香がいること。俺が最も懸念していたのはそれだった。

「きょうちゃんなら、悪いやつをみんなやっつけて、紗衣ちゃんを助けてあげられるでしょ」

瞼《まぶた》を閉じて、いかにも簡単そうに風香は言う。

まるでその姿は、過去の素晴らしい記憶に思いを馳《は》せているようだった。

「……久原、どういうこと?」霧島が言う。

「俺はこの件にこれ以上の関与をする気はない」

「質問の答えになってない。私はあなたに、風香《ふうか》の発言の意味を尋ねているの」

「風香が適当なことを言っているだけだ。いつものことだろう」

「爆弾の件についてもそう、あなた、いったい何者なの？」

「日常的な爆弾解除を趣味としているだけのどこにでもいる高校一年生だ」

「そんなやついるか。いいから吐きなさい」

問い詰める霧島《きりしま》に対し、俺は明確な拒絶の意思を提示する。

それはどうやら正しく伝わっているようで、霧島は会話の糸口を見失いつつあった。

「──これは我々トレーダーの上層部内でも真偽が明らかになっていない与太話《よたばなし》なのですが」

グラスの水を飲みつつ様子を窺《うかが》っていた白上《しらかみ》が、前髪の隙間から俺の顔を覗《のぞ》く。

そこには白上の隠しきれない好奇心が詰め込まれていた。

「昨年度末、学園運営の機密データを覗いたというアカデミアの学生からリーク情報が舞い込みまして……それによれば、運営がアメリカに本拠地を置くホワイト・ファルコンという会社と帳簿には載らない多額の金銭取引を行ったという話です」

「……だからどうした」

「このホワイト・ファルコンという会社はＰＭＣ、語弊を恐れずに言えば、現代の傭兵《ようへい》集団だということです。もしそのようなところから送り込まれた歴戦の傭兵ならば、不良生徒を捕まえて、今にも起爆しそうな爆弾を平然と解除したとしても、なんら不思議ではありません」

「まさしく与太話だな。仮にそれが事実だったとしても、俺とは関係ない」

「リーク元の学生は我々と取引をする前に、運営によって身柄を拘束されました。よって、やはりこの情報に確たる信頼性はありません。現に私も、よくある運営批判のための作り話だろうと考えておりましたが、はてさて――」

そこまで言って、白上は霧島へ意味ありげな視線を向けた。まるで、ここから先は自分よりも霧島の方が向いていると、そう言っているようだった。

「――久原《くはら》」

白上の視線を受けた霧島が俺に体を向ける。俺は何も答えない。

「あなたの事情は知らない。無関係のあなたに迷惑をかけるのも不本意だわ」

霧島が立ち上がる。やはり、俺は何も答えない。

「それでも、あなたがこの状況をどうにかできるのなら――」

俺は何も答えない。――やはり、風は俺にとって不都合な方向へと流れている。

「お願いします。どうか私を、助けてください」

腰を曲げて、霧島は深々と頭を下げた。前髪の隙間からは、苦しげな彼女の顔が窺える。

それがどうにも見ていられなくて、俺は視線を逸《そ》らした。

「……どうしてそこまで個展にこだわる。今回は中止にして、ほとぼりが冷めてからまた挑戦してもいいはずだろう。事情を考えれば、スポンサーだって納得するはずだ」

そう言いながら、自分の意志に小さな罅《ひび》が入っていることを俺は感じていた。

それでもなお拒絶の姿勢を見せたのは、みっともない意地のようなものだった。

「……私にはもう、そんな悠長なことを言っていられるほどの余裕はないの」

頭の片隅で、俺は倉庫にあったキリンの彫刻を思い出していた。

届くことはないと知りながら、幹に足をかけて、短い首を懸命に伸ばすキリン。

記憶の中のキリンは、どうにか言葉を紡ごうとする霧島《きりしま》の代わりに、彼女の意志を俺に伝えてくる。声もなく、しかし雄弁に。

「お礼が必要なら、必ず用意します。だから、お願いします」

本当ならば、もっと言葉を尽くして俺を説得したいのだろう。俺に一切の拒絶を許さない弁論を用意して、協力を迫ったに違いない。

アトリエへ来た俺に対し、霧島は辛らつな態度をみせた。

しかし、もしかしたらあれは、会話というなんとも不便な方法を用いてコミュニケーションを図ろうとする彼女の、精一杯の意思表示だったのかもしれない。

絵画や彫刻が我々の言葉だったなら、そんなことをする必要はなかったはずなのに、彼女はどうにか俺たちの使う不自由な言葉に合わせることで交流を図ろうとしていた。

あの倉庫にある作品の一つ一つが語りかけてきたもの、あれほどの感情を表現するために、言葉はあまりにも語彙が少なすぎる。

「……条件を提示しろ。これが取引ならば、それが必要だろう」

それを理解してしまった今、俺にはこれ以上霧島を拒絶することはできない。

俺と違って彼女はひどく不完全で、完璧には程遠く、しかし未熟なままで必死に生きようと努力する。そうした人の姿を、俺はこの世の何よりも尊く感じてしまうのだ。

——まあ、それに、なんだ。できる限りの手伝いはすると、最初に言ってしまったからな。落ちこぼれでも、約束くらいは守るべきだろう。


「……スポンサーの審査が終わったら、個展で獲得したSPは全てあなたに譲渡するわ。私に入る売り上げも、全部。これは学部内でのあなたの評価を上げることにもなるはずよ」

この学園におけるSPの価値は極めて高く、学園運営の許諾さえあれば、生徒間でのSPの譲渡はたしかに認められている。スポンサーの審査が通るほどのSPであれば、本来ならどれだけの条件を提示されても譲ろうとはしないだろう。

「私はただ、作り続けられればそれでいい。スポンサーがつけば、それだけでもっと色々なものが作れるようになる。だから……」

次の言葉の代わりに、霧島《きりしま》は再び頭を下げた。

白上《しらかみ》と雪代《ゆきしろ》の視線が俺に集まる。値踏みしてくるような、居心地の悪い視線。

風香《ふうか》だけは俺を見ていなかった。部屋の中を珍しげに見回している。

何も言わずとも、俺が自分の期待を裏切ることはないと頭から信じているようだった。

四人の感情を一身に受けて、俺は――


「……申し訳ないが、その条件では、あまりにも釣り合いが取れていない」


俺の言葉を聞いた霧島の肩が小さく跳ねる。膝の位置で握られた両手が震えている。

「……そうよね、あなたには危険が伴う。それなのに、評価やお金なんていくら積まれても」

「違う、それは違うぞ、霧島」

尊大に、悠然に、俺は霧島の頭上に言葉を降らせた。

霧島が顔を上げる。涙がこぼれそうになった両目が俺を見る。

「――万能の天才たる俺にとって、ゴロツキを捕まえることなど造作もない。だというのに、提示された条件ではあまりにも多すぎるというものだ。俺を甘くみるなよ、一般生徒」

俺の不遜《ふそん》な発言に霧島は、しばらくのあいだ口をぽかんと開けたまま固まっていた。

うむ、なんとも清々《すがすが》しい。

諸人が俺への認識を正しい方向に修正する過程は、いつでも心地よいものだ。

「あ、あなた、何を言って……。それに、一般生徒って……？」

「報酬は個展で獲得するSPの二パーセント、それが労力に対する十分な報酬というものだ」

「っ！　待って、相手は学生に爆弾を仕掛けさせるような連中よ!?　それなのに……」

狼狽える霧島の頭を摑《つか》み、わしわしと撫《な》でてやる。

背が小さいので非常に撫でやすいですね。グッド。

慌てて俺の手を振り払う霧島を無視して、雪代に視線を投げる。

「早々に取り掛かる。作戦を説明してくれ」

「……うん、久原《くはら》くんにならら多少の無茶を頼んでも大丈夫かな」

俺と霧島の様子を眺めながら、雪代はいかにも楽しげに言った。

大きな丸い瞳には《全ては私の思惑どおり》という、俺にとっては釈然としない感情が込められていたが、あえて見過ごしてやる。

一方、好奇の眼差しでこちらを見る白上については、あまり放っておくこともできない。

「言っておくが、あまり詮索すると余計な怪我をすることになるぞ」

「ご忠告は痛み入りますが、五枚の金貨で治る怪我をして一〇枚の金貨が手に入るのなら、迷わず蛇の巣穴に手を差し込むのが、商人という生き物の性《さが》ですからなあ」

怪我をしなければ得られない教訓はある、というよりはむしろ、その程度の怪我には慣れきっていると言った様子だ。こいつも、どうやらろくな生き方はしていないらしい。

「それで、俺は何をすればいい？」

あらためて雪代《ゆきしろ》に問う。

「さっきも言ったとおり、ハイドラ社を潰すために、私たちは三島《みしま》さんが持つ取引情報を奪い取る。回り道はなし。可能性が一番高いところを、最短ルートで攻め落とそう」

雪代はもったいぶりながら、いたずら娘の笑みを浮かべた。

内容を聞いた俺がいったいどんな顔をするのか、楽しみで仕方がない、とでも言うように。

「久原《くはら》くんには今夜、私たちストレングスの学部寮に潜入してもらうよ。久原くんが所属するアカデミアと最も険悪な関係にある私たちの根城《ねじろ》に、ね」

004

SCHOOL=PARABELLUM

——運動の砦《とりで》、ストレングス。

およそ三五〇人の若きアスリートが肉体の限界を超えるべく、日夜修練に励む場所。

その最大の特徴は、徹底した集団主義と上下関係の構築にある。

学部にはプレイヤーだけでなくコーチ、トレーナーなどの裏方に従事する者も在籍し、たとえ個人競技であっても単独で活動することはありえない。

因習的な年功序列の思想が浸透しており、年長者は年少者を指導し、年少者は年長者を敬う姿勢が常に求められる。

同じく団結を旨とするキングダム《政治の城》とは良好な関係を築いている反面、机上の計算を重んじるアカデミア《学問の塔》とは伝統的に険悪な関係にある。

また昨年度にカルチュア《芸能の庵》が主導した大規模イベントをストレングスの生徒が妨害したという大きな事件もあり、対外関係はとても良好とは言い難い状態が続いている。

「こちら久原京四郎《くはらきようしろう》、目的のフロアに到達。以後は経過を確認しつつ待機する、オーバー」

耳に嵌《は》めたイヤホンマイクに声をかけながらカメラ通話の画面を確認すると、雪代《ゆきしろ》は談話室内にある個室のドアへ向かっているところだった。

ドアの横に立つ一般生徒に雪代が近づいていく。どうやらあちらも経過は順調らしい。

『あの、三島《みしま》さんに相談があるんですけど、中にいますかぁ？』

『……三島さんに何の用だ？　名前と用件を言え』

『はい、一年の雪代です！　ちょっとお金に困ってて、三島さんがアルバイトを紹介してくれるって聞いたんですけど……』

胸の前で合わせた雪代の両手がカメラに映る。

雪代の声は平時よりもいくらかトーンの高いものだった。

『雪代……ああ、ちょっと待ってろ』

手に持ったスマートフォンを確認しながら一般生徒が部屋に入った。

どうやら雪代は事前にアポイントメントを取っていたらしい。俺たちと別れてからさほど時間もなかっただろうに、抜かりないやつだ。

『もしもし、久原くん？　こっちは無事に三島さんと会えそうだよ』

一般生徒が離れた隙を見て、雪代がこちらに話しかけてくる。

「うむ、スムーズな作戦進行、実に苦しゅうない」

『なんでちょっと上からなの……？　それで、そっちは大丈夫そう？』

「うん？　ああ、見つかる心配はないから安心しろ」

『……いや、そうじゃなくて、私は久原くんの健康というか、命に別状はないかってことを聞いてるんだけど』

「命に別状……？　なんのことだ？」

やけに大げさな雪代の物言いに、思わず疑問が漏れる。

学生寮にいて、生き死にに関わるようなことがそう簡単に起きてたまるか。

『はあ……久原くん、今自分がどこにいるのか教えてもらっていい？』

「なんだ、さっきも言っただろうが、報告はちゃんと聞いていろ」

片手でイヤホンマイクの位置を調整しながら、俺は眼下に視線をおくる。

「ちょうど、エレベーターシャフトのワイヤーロープを一四階まで上がったところだ」

そう、白上《しらかみ》の事務所から一度帰宅して装備を整えた俺は、雪代の手引きと冴《さ》えわたる我が手腕により厳重な警備が敷かれるストレングス学部寮へ難なく忍び込み、一九時現在、エレベーターシャフトのワイヤーロープをゴリ押しで上り、データが保管されている可能性が高い三島の私室がある一四階まで辿《たど》り着《つ》いたのであった。以上、状況説明終了。

『……だから私は大丈夫？　って聞いたんだけど、伝わってるかな、伝わってないよね』

「全くわからん。ロープを握っているかぎり落ちないのに、何が危ないというんだ」

『あー、うん。もういいや。さっきの人が戻ってきたみたいだから、これで終わりにしよ』

なにやら機嫌を損ねたらしい雪代《ゆきしろ》が一般生徒と言葉を交わし、扉を開ける。

一方の俺はシャフトからダクトに体を潜り込ませ、共用トイレの天井裏へと向かう。

『はーい！　失礼しまーす！』

なぜだかヤケクソ気味に入室する雪代へ、室内にいた男の視線が向けられる。

部屋の奥側、上座のソファに腰かけていた一般生徒は、青い色付き眼鏡の奥の瞳で、雪代を上から下まで値踏みをするように見つめた。あれが三島《みしま》だろう。

二人きりの部屋の中で、雪代が三島の隣に置かれたシングルソファに座る。

——おお、なんの躊躇《ためら》いもなく隣の席にいったよ、あの子。

さらに雪代はコーデュロイ地のソファの厚い肘掛けに体を預け、いっそう距離を詰める。

それと同時に画面がブレた。画角が変わり、二人が並んで座っているのが見て取れた。

雪代は寮に戻ってから着替えたようで、今はボリュームのある淡い水色のホッケーシャツをワンピースのようにしている。シャツの上から腰の位置にベルトを巻いて体のラインをさりげなく見せているあたりに、雪代の性格が窺《うかが》えた。

それにしても……あー、これは近いね。三島のソファにまで体をせり出してるもん。

色付き眼鏡の奥から、三島《みしま》の視線が雪代《ゆきしろ》の胸元や足へと向けられている。

ただでさえ胸元の開いたホッケーシャツで、両腕を肘掛けにおいて体を預けているのだから、きっと三島の視点から見れば、それはもう物凄《ものすご》いことになっているに違いない。

そして雪代が足を組んだ拍子にホッケーシャツの裾がずり落ちて、肉付きのよい乳白色の太ももが付け根のあたりまで露《あらわ》になった。


──思春期男子の理性を滅ぼすためにやってきた地獄の悪魔か、こいつは。


話を進める雪代の口ぶりや表情はあくまでも爽《さわ》やかなものだったが、組んだ脚の先でふらふらと揺れるくるぶしや、コーデュロイの溝をゆっくりとなぞる指先は、わけもなく煽情的《せんじようてき》に思えた。正直、俺も雪代に気を取られて会話の内容が全然頭に入ってこない。

『でも危なくないんですか？　先輩のことは信じてますけど、その会社の人たちに何かされたらって思うと、私、怖くって……』

『心配いらねえよ。これまでの取引情報は俺が握ってる。あくまで関係は対等なんだ』

『そうなんですね！　先輩、すごいです！』

『それだけじゃないぜ、データは部屋のパソコンとクラウドのサーバーにそれぞれ保管してある。どちらかがダメになっても、もう片方が残ってりゃあどうとでもなるってわけだ』

上機嫌に宣《のたま》う三島に雪代がいっそう距離を詰める。《自分よりも頭の回らない年下の女》という衣装を華麗に着こなす雪代の姿は、三島の目にとても好意的に映っているようだった。

こうした技術が全て、雪代にとってはフィギュアスケートの世界で力をつけるために培われたものだというのだから、俺としてはもはや感心するほかない。

強固な目的意識と行動力を併せ持つという意味でいえば、極めて軍人向きだとも言えよう。

……でもダメだな。目的意識が強すぎて、必要ならいつでも組織を裏切るタイプの女だ。


しかし、そんな雪代の姿勢について、俺はわりと肯定的というか、羨《うらや》ましい部分があった。

目的のためならば手段を選ばず邁進《まいしん》する雪代も、あれほどの妨害を受けてもなお個展を中止しない霧島《きりしま》も、どちらも俺には同じように眩《まぶ》しく見える。

久原京四郎《くはらきようしろう》という人間は、良くも悪くも完成されてしまっている。

自ら油断や慢心を懐に入れなければ、手こずることにさえ手こずってしまう。

だからこそ、壁を乗り越えるために切磋琢磨《せっさたくま》できる雪代や霧島のことが、俺は羨ましい。

あの熱意が青春なのだとすれば、それはなんとも遠いもののように感じられる。

こんなことを言えば、二人からはきっと睨《にら》まれるのだろう。

これも所詮、他人の悩みなんてものは誰にも理解できないということなのだ。

ダクトの格子戸の隙間にワイヤー状のスネークカメラを差し込み、スマートフォンの画面を切り替える。トイレに人影はない。ダクトから個室へと飛び降りる。

「こちら久原京四郎《くはらきようしろう》、続けて三島《みしま》の部屋番号を聞きだしてくれ。オーバー」

そう言うと、雪代《ゆきしろ》は太ももの上で右手の人差し指と中指を伸ばした。

――一四階の二号室、雪代は三島の部屋番号をすでに調査していたらしい。周到な奴《やつ》だ。

「了解した。これより目標の部屋へ侵入し、データを回収する」

解錠に必要な工具をバックパックから取り出して、洗面台で手を洗ってから廊下へ出る。

大判のハンカチで手を拭《ふ》くふりをしながら工具を隠し、俺は三島の部屋を探した。

目的の部屋は廊下の奥から二番目にあった。

周囲に人がいないことを確認したのち、ドアからせり出した鍵のシリンダーにマイナスドライバーを差し込んで隙間を作る。テープでマイナスドライバーを固定したあと、特殊な針金を挿入し、指先の感覚を頼りながらデッドボルトに干渉するための部品を探す。

――懐かしいなあ。昔、仕事が嫌で自室に立てこもっていた時、よくこの方法で親父《おやじ》に扉を突破されたっけ。鍵を変えても突破されるから、いつも最後は殴り合いだったな……。

かたん、という軽い音がして、指先にデッドボルトの外れた感触が届く。

解錠にかかった時間はおよそ二〇秒。まずまずといったところか。

工具をポケットにしまいながらドアを開けて、素早く室内へ体を滑り込ませる。

三島の部屋はそれなりに片付いていた。壁際のラックにはフルフェイスマスクやホッケー用のスティック、防具が乱雑に置かれている。どうやら三島はアイスホッケーの選手らしい。

あたりを観察しながら、俺は部屋の奥に置かれたデスクトップパソコンへ向かった。

USBスティック型のロック解除ツールを三島のデスクトップに接続し、電源をつける。デスク上のモニターにホワイト・ファルコン社のロゴとインジケーターが表示された。

椅子《いす》に座り、進捗《しんちょく》状況を示すインジケーターをのんびりと眺めつつ、俺は再び雪代と三島の会話に耳を傾ける。

『そういえば、バイトって実際には何をするんです？』

『いくら稼ぎたいかにもよるが……そうだ、俺の部屋へ行こう。今までの仕事を知れば、どれだけ安全に稼げるかよくわかる。実際に受けるかどうかは、それから決めればいい』

三島は表情に欲望を滲《にじ》ませながら、雪代の手を取って立ち上がる。

『えっ？　いや、その、急にお邪魔するっていうのはちょっと……』

『気にすることはねえさ。俺は先輩として、後輩の悩みを真摯《しんし》に聞いてやりたいんだ』

雪代の視線が、ほんの一瞬だけカメラへ向けられる。

「データを回収して撤収するまで一五分は欲しい。時間を稼いでくれ、オーバー」

『っ！　そしたら、購買でお菓子と飲み物を調達しませんか？　せっかくならゆっくりお話を聞きたいですし、実は少しお腹《なか》が減ってきちゃって……』

『ああ、構わないぜ。積もる話は山ほどあるんだ』

さりげなく三島《みしま》の手を振りほどきつつ、雪代《ゆきしろ》は寄り道を提案した。

購買は寮の一階。そこで雪代が三島を引き留めている間に俺がデータを回収して部屋を抜け出す。そのための時間は十分にあるはずだ。

画面を見ると、ちょうどパソコンのロックが解除されるところだった。

この分なら、雪代と合流する前に労《ねぎら》いのコーヒーを買う程度の余裕さえあるに違いない。

「さあ、ショートケーキの苺《いちご》をいただくとしよう、……っ！」


——なんということだ。


うなじに針を刺されたような緊張が、俺の背中から指先を伝っていく。この状況を少しでも好転させるための冴《さ》えたアイディアは、我が灰色の脳細胞をもってしても降ってはこない。

「……雪代、想定外の事態が起きた。予定時間を延長、回収時刻の目処《めど》は立たず。可能な限り、三島を部屋から引き離してくれ」

俺は屈辱的な言葉を口にしながら、モニターに映るものを、久しく感じていなかった無力感とともに睨《にら》みつける。

「あの野郎——全く、フォルダを整理してねえ……っ!!」

スポーツブランドのロゴをあしらった壁紙を埋め尽くす、数えることも馬鹿らしいほどに敷き詰められたアイコンの群れ。やむを得ず、書類データや画像データを一斉検索して、表示されたものの中から目についたファイルを開く。

《新規のドキュメント23》——五月八日、ヘアワックスとシャンプーを忘れずに買う。

《新規のドキュメント24》——五月九日、ヘアワックスとシャンプーを買いに行かせる。

——買い忘れたあげく誰かをパシらせてんじゃねえぞ！

思わず上げそうになった声をどうにか抑えながら、《重要》、《ハイドラ社》など、関連しそうなキーワードを片っ端から検索にかけるが、成果はない。

パソコンのストレージ容量は全体でおよそ一テラバイト。これなら、もはや内部のデータを丸ごと引っこ抜いてしまった方が手っ取り早いかもしれない。

バックパックから外付けのハードディスクを取り出して、ＵＳＢケーブルで接続する。ファイル吸い出しソフトが自動で立ち上がり、進捗《しんちょく》を示すウィンドウが表示される。

牛歩もかくやという速度で進むメーターに、また苛立《いらだ》ちが募っていく。

『おい宮古《みやこ》、いい加減に何を買うか決めろよ』

『うーん……私、優柔不断だからいっつも迷っちゃうんですよねぇ……』

雪代《ゆきしろ》は懸命に時間を稼いでくれているが、いつまでもそうしてはいられない。

――というか、なにげに三島《みしま》が雪代を下の名前で呼んでいる。

デスクトップの整理もできないくせに、初対面の女子を下の名前で呼んでいる。

ヘアワックスとシャンプーは買えないくせに、いっぱしの彼氏面《づら》だ。

いまや、三島の一挙手一投足が俺の怒りを生み出す要因となっていた。

『ほら、これでいいだろうが。早く行くぞ』

『そうだ、私はちょっとお花摘みに……』

『俺の部屋ですりゃあいい、会計を済ませてくるから、そこで待ってろ』

スマートフォンの画面を見ると、買い物かごを持った三島がレジへと向かうところだった。

『……ごめん、久原《くはら》くん。これ以上引き留めるのは難しいかも』

三島と離れた雪代が話しかけてくる。

「どうにかならんのか。なんかこう、色仕掛けで暗がりに連れ込んだり」

『いきなり何を言ってるの？　言っていいことと悪いことがあるって理解できる？』

「……すまん、俺が悪かった、忘れてくれ」

『ホント、ありえないよ。よく反省してね？』

「……いや、たしかに今のは失言だったが、お前、俺にはそれらしいことをしてきただろう」

『……私だって、相手くらい選ぶんだよ？』

「お前……それって、どういう……」

……え？　なに、もしかして雪代、俺のこと好きなの？

いや、薄々そんな気はしてたんだよ。たしかに三島に対しても雪代は色目を使っていたが、俺の方が丁寧に対応していた気がする。俺の方が距離もちょっぴり近かったし。

——すまない雪代、気がつくのが少々遅れてしまったようだ。

『久原くんは女の子慣れしてないのが明らかだったから、あんな無茶もできたの。さすがに私も、襲われるとわかってたら男の人にあんなことはできないよ。傷つきたくないもん』

「たった今、お前は思春期の男子に一生残る傷をつけたぞ、よく覚えておけよ」

『え？　でも久原くん、女の子と手を繋《つな》いだこととかないでしょ？』

「はあ？　繋ぎまくりだが？　むしろ女子と手を繋いでいるのが日常で、今こうして手ぶらでいることに違和感を覚えてるくらいだけど？」

『……万が一それが本当なら、あんなに挙動不審だったのは問題があると思うな』

「待て、俺がいつ挙動不審な姿を見せた」

『そうだ、今度一緒にご飯食べよ？　そこでゆっくり話を聞いてあげるからね？』

「やめろ、カウンセリングを持ち掛けてくるな。大丈夫だから。ちゃんと色々未経験だから」

仕方ないじゃない。会社は男だらけだし、女の子と遊ぶヒマなんてなかったんだもん。

『――ごめん、三島《みしま》さんが戻ってきたみたい』

しまった、どうやら思った以上に話し込んでしまったようだ。

「わかった。最悪の場合は強硬手段に出ることもありうる。覚悟をしておいてくれ」

メーターの進捗《しんちょく》はようやく半分を過ぎたところだ。このまま二人が部屋へやってくるまでに処理が完了するというのは、さすがに望み薄だろう。

ならば、この状況下で、俺はどうするべきか。

データのコピーは諦めて、ハードディスクを物理的に外へ持ち出す。

――無し。侵入の痕跡を残すことは避けなくてはならない。

作業を一時中断し、部屋のどこかへ身を隠す。

――無し。再び三島が部屋を出る保証はなく、回収の難度とリスクが高まるだけだ。

回収を諦めて、この部屋、あるいは寮そのものから撤退する。

――ありえない。久原《くはら》京《きよう》四郎《しろう》の辞書に諦めるなどという言葉は存在しない。

ならば、俺はいったい、どうするべきなのか。

――回答。状況はすでに手詰まりであり、十全な任務の達成は不可能である。

本来ならば、作戦の失敗が判明した段階で、やるべきことは迅速な撤退へと切り替わる。

しかし、やはりそれはできない。

俺の矜持《きょうじ》を勘定に入れなくとも、この作戦の失敗はすなわち、霧島《きりしま》の危険に直結する。


——約束したのだ。彼女を助けてやると。


ストライキや落ちこぼれの椅子《いす》という意地を脇において、俺は霧島と約束をした。

そして久原京四郎がやると決めたことをやり遂げる義務が俺にはある。

そうでなければ、完璧でなければ、俺は久原京四郎として生きていけなくなってしまう。

ならば、俺が取るべき行動は一つしかない。

俺の存在にはけして気づかせないまま、戻ってきた三島の意識を奪う。その上でデータを回収し、一切の痕跡を残さず退散する。本体は選ぶはずもない失敗確率の高い作戦だが、それを確実に成し遂げてこそ、俺は久原京四郎たり得るのだ。

部屋の中を観察し、物の配置を頭の中に叩《たた》き込む。

寮のドアは左開きだった、つまりドアを開ける際、三島はまず左手でドアノブを握り、軽く引いてから右手へ持ち替える。

ドアノブに利き腕を封じられ、体が開ききった状態。奇襲にはそのタイミングが適切だ。

素早く三島を部屋に引き込み、拘束し、締め落とす。スムーズに頸動脈《けいどうみゃく》洞反射《どうはんしゃ》を引き起こせば約六秒で意識は失われ、前後の記憶は曖昧《あいまい》化する。これが現状の最善手だろう。

カメラを確認すると、ちょうど雪代《ゆきしろ》と三島《みしま》がエレベーターを降りるところだった。

モニターの電源と部屋の照明を落とし、ドアスコープから廊下の様子を窺《うかが》う。歩いてきた二人がドアの前に立つ。シリンダーに鍵を差し込んだ音のあと、サムターンが時計まわりに回転した。少し遅れてドアノブがまわる。わずかにドアが開き、放射状の光が床を照らす。

「上がれよ、まずは茶でも飲んで一息つこう」

三島の声は、イヤホン越しよりもいくらか高いものに聞こえた。

スニーカーを履いた左足のつま先が現れて、ドアが大きく開かれる。

——ここだ。

光の方向へ、右腕を弓のように引き絞る。

いまだ油断している三島の首を目掛けて、腕を一直線に——。


「——はい、そこまで。暴力はいけないんだよ、久原《くはら》くん?」


そして俺は、何もせずとも倒れ込んできた三島の体を受け止めた。

顔を上げると、談話室で三島に向けていたものと同じ笑みを浮かべた雪代の姿があった。

頭の横まで上げられた右手の中には、なんとも物騒なスタンガンが握られている。

「……締め技よりも、そっちの方がよっぽどいけないいんじゃないのか？」

「久原くんと違って、女の子には身を守るための武器が必要なの」

そう言うと雪代は俺の肩を軽く叩《たた》いて、三島の体を強引に跨《また》ぎながら入室した。

ドアを閉め、鍵をかけ、明かりをつけて、ホットパンツと背中の隙間にスタンガンを差し込む。日頃からのルーティーンであるかのように、一連の動作はひどくこなれていた。

「……これなら、全部お前だけでなんとかなったんじゃないのか？」

「やだなあ、男の人の部屋で二人きりなんて、恥ずかしいでしょ？」

パソコンのモニターをつけ、進捗状況《しんちょくじょうきょう》を確認しながら、雪代は満足げに頷《うなず》いた。

一方、俺は白目をむいた三島の体をベッドへ運び、タオルケットをかけてやる。

俺の心の中には、三島へのわずかな同情心が生まれていた。なんか、お前も大変だね。

そんなことは気にも留めず、椅子《いす》に座り、買ってきたスナック菓子の封を開ける雪代。

軽々と男の純情を弄《もてあそ》ぶこの女のことをけして信用しないと、俺は心から誓ったのだった。

＊＊＊

「──これでよしっと」

雪代は几帳面《きちょうめん》に、ほどよく部屋のものを動かし、冷蔵庫の中から飲み物を拝借するなど、あたかも二人がこの部屋で和気あいあいと過ごしていたかのような形跡を作っていた。

そして最後に、三島《みしま》に奢《おご》られた菓子の代金分の小銭と置き手紙をテーブルの上に載せる。

わずかであっても今後に繋《つな》がるような貸しや隙を残すまいという徹底的な姿勢。

——三島くん、目が覚めたら泣いちゃうんじゃないかな。

とはいえ、これでデータは手に入った。

あとは雪代《ゆきしろ》か白上《しらかみ》がそれを持って然《しか》るべき場所へ行き、事件の告発をすれば事態は収まる。

霧島《きりしま》の個展は無事に開かれ、雪代もまた自由の身となり、俺は安寧に彩られた落ちこぼれ生活に戻ることができるというわけだ。

当座の問題は俺がストレングスの寮を無事に脱出できるか、というものだが……まあ、それはなんとかなるだろ。だって俺だし。久原京四郎だし。

「それじゃあハードディスクは私が預かるよ。明日にはうちの上層部《ストレングス》にかけあってくる」

雪代は大きく伸びをしたあと、俺が持っていたハードディスクを手に取り、ホットパンツの後ろのポケットにしまった。

「まだそれらしきファイルは見つかっていないが、どうやって探すつもりだ？」

「三島さんがデータについて話しているところはちゃんと録音したから、その音声とハードディスクがあれば上層部は動くはずだよ。上層部も対応の決め手に欠けているだけで、違法バイトのことは認識してるだろうから」

そう言って、雪代はスマートフォンを軽く振って見せてきた。

「提出したあとは上層部がまず警察と一緒にハイドラ社の頭を押さえて、それからチームを作って証拠データの捜索って流れになるんじゃないかな。人海戦術《チームプレイ》はうちの得意分野だからね」

たしかにデータの捜索となれば、俺が一人で探すよりも動員数に物を言わせた方が効果的だろう。いかに俺が優秀であるとはいえ、手と目は二つずつしかついていないのだから。

「でも久原くんのおかげで助かったよ。さすがに私もパソコンのロック解除は難しいもん」

「まったくそのとおりだろうな。うむ、もっと俺を讃《たた》えることを許そう」

「ほんと、久原くんに捕まったのは誤算だったけど、結果的にみれば大正解だったかな！」

ははっ、やめいやめい、この正直者め。

その程度の称賛では、少しばかり俺の羽振りが良くなるだけだぞ？

俺がいかに有能であるかを讃える行為は当然のことながらあまりにも容易らしく、雪代はパソコンを操作しながら俺を褒めた。ふと、雪代が操作するモニターに目をやる。

雪代が三島の管理するクラウドサーバーを開く。――データ全削除。

続けて、パソコン本体の管理画面を開く。――初期化開始。

おいおい宮古《みやこ》ちゃん、そんなことをしては俺たちがデータを抜き取った痕跡が残ってしまうじゃないか。うっかりさんだなあ、まったく。

「……お前、何をしている」

「ん？　見てわからない？」

「わかるからこそ言っている。ここまでの努力が全て水の泡……いったいどういうつもりだ」


「いやだなあ、水の泡じゃないよ？　ここまで含めて、計画通り」


振り返った雪代《ゆきしろ》は、上目遣いに微笑《ほほえ》んだ。

それは三島《みしま》へ向けたものと全く同じ笑顔だった。

「私が久原《くはら》くんたちと内通してること、バレちゃってた！　で、代わりに取引情報と、私が撮られたデータを交換するって形で、なんとハイドラ社と取引が成立しちゃったんだよね！」

なんとも屈託のない――少なくとも、傍目《はため》にはそのようにしか見えない笑みを浮かべたままで、雪代は言う。


「――これであとは一連の容疑を久原くんが被ってくれれば、万事解決、だよっ！」

「……なるほど、な」

つまり俺も三島も、まんまとこの女に踊らされたわけだ。

こいつ簡単に裏切りそうだなーとは思ってたが、マジで裏切るとは。見境なしか、こいつ。

「聞いてもいいか？　ハイドラ社に弱みを握られたって話、あれは真実か？」

「うん、だからあいつらを潰したくて協力者を探してたのも本当だよ。でも、みんなと手を組むって決めたあとに事情が変わっちゃったんだ。ごめんねっ！」

なるほど、これは油断していた俺にも一端の責任はあるかもしれない。

一時帰宅などと悠長なことはせずに、雪代を縄で縛って見張るべきだったのだ。

「私だって、ホントはこんなことしたくないんだよ？　でも、ハイドラ社の連中には顔も居場所も割れちゃってるし、あとで襲われたら怖いじゃない？　だからダメもとで取引を持ち掛けてみたら、あそこの社長、意外と話ができる相手だったの」

雪代はよくできた笑顔をそのままに、少しばかり困ったような表情を浮かべた。

彼女の言葉を聞きながら、俺は内心の驚きをどうにか表情へ出さないように堪えていた。

取引を持ち掛けられた、ではなく、雪代は取引を持ち掛けたと、たしかにそう言った。

つまりこの女は、俺と三島、そしてハイドラ社を相手取り、三者三様の方法を用いながら全員を味方につけたのだ。

この場の罪は俺に被せ、三島からはデータを奪い、それを使ってハイドラ社との縁を切る。

なるほど、どうやら俺はこの女の脅威性をあまりにも低く見積もっていたようだ。

「……だが俺とお前が組んでいたと判明すれば、火《ひ》の粉《こ》はお前にもかかるだろう」

「残念だけど、そうはならないの。だってここはストレングス。アカデミア所属の久原《くはら》くんが何を言っても、聞く耳を持つ人なんていないんだよ?」

苦し紛れの問いに対しても、雪代《ゆきしろ》は迷わず正しい答えを返してくる。

俺がどれだけ真っ当な証言をしたとしても、対立関係にあるアカデミア生の言葉より、身内である雪代の方が信頼されることは想像に難くない。彼女の言うとおり、俺が今いる場所は、団結を何より尊ぶ運動の砦《とりで》なのだ。

「あっ、でも、もし久原くんが正体を隠したまま寮から逃げきることができれば、それが一番平和的かも! 私も別に、せっかく協力してくれた久原くんが傷つくのは見たくないもんね」

まるで俺のことを慮《おもんぱか》っているかのように宣《のたま》う雪代は、実に上機嫌だった。


正直なところ、裏切られたということについては、まあどうでも、い、い。

雪代にもなにか事情があるだろうからと言って、あえて泳がせていたのは俺の方だ。

久原京四郎《きょうしろう》には、そういった悪癖がある。

意識的、あるいは無意識的に、自分を窮地へ追い込もうとする癖。

自ら望んで困難に直面したがる厄介な傾向が、俺にはあるのだ。

だから、この場で雪代を殊更《ことさら》に責めるつもりはないし、彼女が抱えているのであろうやむを、得ない事情とやらを聞いてやる気もないけれど——。

しかし、舐《な》められたままでいるというのがいささか癪《しゃく》であることも確かなのだ。


「——雪代」

ベッドに腰かけ、脚を組んだままで、俺は雪代を見つめる。

「何かな、久原くん？」

「お前の裏切りが成功したことは認めてやろう。だが、満点じゃない」

「……どういう意味かな？」

そう、雪代の計画には、非常に大きな欠点がある。

俺が本気で同じ目的を達成しようとしたならば、けして看過することのできない大きな穴。

「この計画はな、この場で俺がお前を殴りつけて、踏みつけにして、口もきけないほどの暴力を振るえば台無しになってしまうんだよ、雪代。俺は今すぐにでもそれができて、データを回収したあと、トイレで血まみれの手を洗ってから悠々とここを出ることだって可能なんだ」

——暴力の効能。それを雪代は、本当の意味で理解していない。

「……でも、久原くんはそれをしない。女の子に暴力を振るわない。そうでしょう？」

「ああ、まったくそのとおり。この計画はつまり、俺の恩情によって成立している」

雪代は少し黙って、拳《こぶし》を固く握りしめた。

「大丈夫、お前が本当は優しい人間で、こんなことをしたくはなかったということも、俺はちゃんと理解してるさ。演技が上手なお前も、悪人を気取るのは苦手らしい。……どうした？　お得意の笑顔が消えているぞ？　ほら、笑えよ、雪代《ゆきしろ》」

貶《おと》めたはずの相手から情けをかけてやったのだと愚弄《ぐろう》されては、さすがの雪代も顔色一つ変えないということもないらしい。

雪代がはじめて見せた暗い感情を眺めながら、今度は俺の方が笑ってみせる。

さて、ここまで侮辱された彼女は、いったい何をするのか。

「……私がただ、こんなデータ一つを取るために、久原《くはら》くんをここへ連れてきたと思う？」

ああ、そうだろうさ。お前はそうに違いない。

こんな風に上から目線でものを言われて、お前が黙っていられるわけがないのだ。

本当はいい奴《やつ》だなんて、そんなことを言われたら、お前のプライドは耐えられない。

「白上《しらかみ》さんの事務所には今、ハイドラ社の連中が向かってるの。霧島《きりしま》さんの身柄を拘束して、個展の中止を決定させるためにね。唯一の邪魔になりそうだった久原くんを足留めしておくのも、取引の条件に入ってたってわけ」

陽動作戦。この行動、そして雪代自体が囮《おとり》役を担っていた。

「さあ、早く追いかけないと、霧島さんがどうなっちゃうかわからないよ？」

可愛《かわい》らしい笑顔を俺に向けて、雪代は後ろ歩きで廊下へ出た。

「霧島さんのためにがんばってね、強くて、情け深くて、優しい久原くん？」

そして、それがスイッチであったかのように、一転して怯《おび》えた表情を浮かべた。

「――きゃああああああ!!　なんで、どうしてアカデミアの人がこんなところにいるの!?」

＊＊＊

廊下中へ響く雪代の悲鳴。

「だ、誰か助けて！　三島《みしま》さんの部屋に変な人がいるの！　やだ、来ないで！」

扉の外から、悲鳴を聞きつけた生徒たちがバタバタと飛び出してくる音がする。

顔を見られるわけにはいかない。俺はラックの上に置かれていたアイスホッケー用のフルフェイスマスクを被《かぶ》り、隣に置かれていたスティックを拝借した。

廊下へ出て、へたり込む雪代を飛び越える。

目指すは一階。俺が着くころには包囲網が布《し》かれているに違いないが、他に脱出経路を確認している時間の余裕もない。

――それにしても、致し方ない部分はあったとはいえ、やはりああいう女子を追い詰めるような会話は心にくるな。なんというか心臓に悪い。俺がなまじっか完璧であるがゆえに、ちゃんと傷つけてしまった感触がある。向いてないなー、こういうの。

走りながらそんなことを考えていると、前方からラガーシャツを着た屈強な一般男子生徒が六名突進してくる。うむ、こういう方が実に俺向きである。

二列になって迫りくるラガーマン。廊下に避けるだけの隙間はない。

しかし、問題もない。彼らに背を向けることなく、迎え撃つように俺もまた走り出す。

ラガーマンたちは身を低くしながら、俺の腰骨を目掛けて腕を構えた。踏み込む彼らの足は力強く、廊下には足音と振動が響き渡った。距離が詰まる。一〇メートル、五メートル。

三メートルまで来たところで、俺は左足を踏み切り、力の限りに跳んだ。その先には廊下の硬い壁がある。高さと角度を合わせた右足を曲げたままで壁につき、体を壁から撃ち出すように、もう一度跳ぶ。

背面跳び。頭の上を通過していく目標に対し、一般男子生徒の手が伸びる。

だが、その手はけして俺にまでは届かない。彼らは地を這《は》うように身を屈《かが》め、廊下の隙間を埋めるように列を組んでしまった。大柄な体格のラガーマンは、その密集地帯において肉体の可動域を制限されている。

ラガーマンのタックルは脅威だ。一度捕まってしまえば抜け出すことは困難で、徒党を組んで迫る彼らへの対抗策は逃げること以外にありえない。

しかしその原則は、スポーツ競技場において、相手が久原《くはら》京《きよう》四郎《しろう》でない場合にのみ適応される。とどのつまり——俺はすごいからなんとかなるのであった。

ラガーマンを飛び越え、床に手を着き、転がるようにして受け身を取る。

「死にさらせやあ！　アカデミアッ！」

束《つか》の間《ま》、頭上から声。一般男子生徒が大上段に木刀を振りかぶっている。

「ちぇすとおおおおおおお！」

甲高《かんだか》い猿叫《えんきょう》と共に、木刀が勢いよく振り落とされる。

一切の躊躇《ためら》いなく、次の手すらも考慮しない太刀筋《たちすじ》——なるほど、薩摩示現流《さつまじげんりゅう》か。

俺は前転して木刀を躱《かわ》し、剣道男の背後で立ち上がる。

そして腰を落とし、頭の位置に上げたスティックを地面と水平に構えた。

振り返り、再び木刀を頭の上に構えた剣道男が、俺の姿を見て目を見開く。

「貴様、その構えは……っ！」

「——天然理心流《てんねんりしんりゅう》、霞《かすみ》の構え」


俺の声と共に、剣道男が肩をわずかに震わせて息を呑《の》んだ。

——わかるよ、君の気持ち。やっぱ薩摩と戦うなら新選組《しんせんぐみ》スタイルだよね。

己が矜持《きょうじ》と立場をかけて争った薩摩藩と新選組、長年の対立関係にあるアカデミアとストレングスの戦いを表す構図として、これ以上にふさわしいものもないだろう。

剣道男の背後から先ほどのラガーマンたちが走ってくるのが見えた。

彼らの目には剣道男のような少年的興奮はみられない。

——くそ、これだからアメリカンスポーツという奴《やつ》は嫌なのだ。ここにはビッグマックだのダイエットコークだのが割って入る権利はないというのに。

ラガーマンたちが剣道男の肩に手を置いた。加勢するつもりらしい。

「——控えろラグビー部！　ここは、お前たちが土足で踏み入ってよい戦場にあらず！　互いの士道が鎬《しのぎ》を削る神聖なる死線なり！」


——剣道男が、吠《ほ》えた。戸惑うラガーマンたちには目もくれず、俺に不敵な笑みを向ける。

俺たち二人は、きっとどのような出会い方をしても敵同士で、けして味方にはなり得ない。

その現実を俺たちは見失わず、交わす視線にはわずかな哀愁と、確かな敵意が込められた。

——けれども、どうか信じてほしい。この時、俺たちの間には、因縁《いんねん》や恩讐《おんしゅう》という不便なものを全て排除した、不思議な友情があったのだ。

「さあこい、アカデミア——いや、天然理心流《てんねんりしんりゅう》の士《さぶらい》よ。貴様の悪事、我が剣が断つ」

「……お前、さっきから何を言ってるんだ？」

背後のラガーマンが呆《あき》れ顔《がお》で言う。

……うん、まあそうなるよね。ぶっちゃけ、シラフで聞いてたらひどいやり取りだもの。

「問答無用！　ちぇすとおおおおおおおおおおおお！」

気合一閃《きあいいっせん》、数メートルの距離を一息に詰めながらの幹竹割《からたけわ》りが、俺の頭に振り落とされる。

しかし久原京四郎《くはらきょうしろう》は動じない。神経を研ぎ澄ませ、わずかに一歩踏み込む。

——そして俺は、この愛すべき好敵手が踏み出した、その股間を、全力で蹴り上げた。

「〜〜〜っ！」

剣道男の手から力が抜け、木刀が床に転がる。

「……厳しい戦いだった」

少しの残心《ざんしん》のあと、俺は息をつき、構えを解いた。

「あんた、人として恥ずかしいとは思わないのか……？」

倒れた剣道男を見下ろしながら、一周まわって落ち着いてしまったラガーマンが言う。

「持てる力の全てを尽くす、それがスポーツマンシップというものだろう」

「金的を受け入れるスポーツマンシップがあってたまるか」

呆気《あっけ》にとられる民衆に背を向けて、俺は勢いよく走り出す。背後から「逃げるな」だの、

「卑怯者《ひきようもの》め」だのと罵声を浴びせられるが、そんなものは気にする価値もない。逃げられるときは逃げろ。卑怯な手段があるなら迷わず使え。

それが俺に叩《たた》き込まれた教えだ。

反則に徹し、裏をかき、意気揚々と寝込みを襲う。俺の脳と体には、京三郎《きようざぶろう》から叩きこまれたダーティプレイの作法が細胞の一片まで染《し》みわたっている。

——いいかい、京四郎《きようしろう》。お前は弾丸だ。

選ばれし者が持つ銀の弾丸ではなく、戦場に転がる九ミリ弾こそお前なんだ。

矜持《きようじ》もなく、意志もなく、ただ敵を討つための弾丸になりなさい。

五歳の時、俺の手に一丁の拳銃を載せながら、京三郎はそう言った。

まるで人でなしだ。少なくとも、親が子に向けるべき言葉ではない。

しかし俺は父からそのように教えられ、戦場に転がる九ミリ弾として完成した。

だからきっと、俺が五才星学園《ごさいせいがくえん》において落ちこぼれの烙印《らくいん》を押されていることも、当然といえば当然なのだ。優秀な人材の集まる場に一発の鉛球が転がりこんできたところで、そんなものが評価されるわけもない。爽《さわ》やかな青春など、はなから望むべくもない。

四方から敵意を感じる。あの異分子を排斥してやろうという強い感情が俺に向けられる。

——ああ、ここはなんと居心地の良い場所であろうか。

＊＊＊

なんとなしに重く渋い空気を出してみたところで、特に状況は変わらなかった。残念。

当然のことながら、いくら俺がアンニュイな男を気取ったところで追いかけてくる彼らがそれを汲《く》んでくれるわけもなく、一般生徒諸兄による必死の追走は続いている。

「そんなわけで、こちらは依然として逃走中。脱出にはまだしばらくかかる」

『……事情はわかりました。しかし、それならば久原《くはら》さん。こんな悠長に電話をしている余裕はないのでは？』

「何を言うか。目的達成のために情報の共有は必須だろう」

『……そちらがよいのなら構わないのですが』

電話越しで、白上《しらかみ》が呆《あき》れたような声を出す。

ちなみに俺は現在、再び天井裏のダクトに身を隠している。

エレベーターシャフトにも行ってみたのだが、なんとストレングスの奴《やつ》ら、あそこにもしっかりと監視を置いていやがった。気合がすごすぎてちょっと怖い。

『紗衣《さえ》さんと風香《ふうか》さんが捕らえられたのは私《わたくし》のミスです。雪代《ゆきしろ》さんを警戒していたのは確かですが、こんなにも早く紗衣さん本人への武力行使に出るとは思いませんでした』

「今は責任の所在を議論している場合ではない。今後の対処について話し合おう」

事はどうやら、白上《しらかみ》が別の案件で事務所を離れていた時に起こっていたらしい。

しかし、白上がその場にいたから解決していたとも思えない。

そもそものことを言えば、俺が雪代を事務所へ連れていったことに問題があったわけなのだが、それについては俺の立場が悪くなるのでやはり議題には上げないものとする。ごめんて。

スネークカメラで辺りに人がいないことを確認し、廊下へ降りる。

「少し待ってろ、これから一般生徒の私室に退避する。俺も少々疲れた。ちなみに、霧島《きりしま》と風香の居場所はわかっているのか？」

『こうした有事に備えて、紗衣さんの業務用スマートフォンの位置情報は共有済みです。今は市内を回っているようですが、場所が確定したらお伝えします』

白上の言葉を聞きながら、手近なドアの隙間にスネークカメラを差し込み、中に人がいないことを確認する。さくっと解錠したのち、レッツ不法侵入。

「なに、焦ることはない。ハイドラ社も不要な暴力は避けるだろうさ」

『それが楽観視ではないという明確な理由を聞かせてください』

「俺ならそうする。非武装の人間に怪我をさせるのはリスクの塊《かたまり》なんだよ。言葉のやり取りだけで済ませておけばどうにでも逃げ切れた裁判で、かすり傷が一つ見つかったから判決がひっくり返るなんてのは、正直よくある話だ」

我ながら残念なことに、俺にはハイドラ社のやり口がよくわかる。

同じ穴の狢、暴力を売る人間として、容易に想像がついてしまう。

『……ハイドラ社が久原《くはら》さんの想像よりも短絡的であるという可能性は？』

「ハイドラ社は数年前からこの事業を続けているんだろう。暴力を扱うビジネスの作法を心得ているということだ。余計なリスクは負わず、しばらくは脅迫に専念するだろう」

『ビジネスが不要なリスクを避けるものであるということについては、私も納得がいきます。……わかりました、今は久原さんの言葉を信じましょう。しかし、それも時間の問題です』

「ああ、合流は急ぐように心がけよう」

明かりをつけ、室内を確認する。

忍び込んだ時の香りで予想していたが、ここはどうやら一般女子生徒の部屋らしい。

しかし、ここの住人はなかなかに几帳面《きちようめん》というか、油断のない人物のようだ。

きっちりと掃除が行き届き、束ねたカーテンやソファに置かれたクッションとぬいぐるみの配置なども、いつ誰が訪れてもいいように整頓《せいとん》がなされている。

『……久原さん、どうかしましたか？』

「ああ、すまん。ちょっと部屋を観察していたんだ。さすがはストレングス《運動の砦》だと思ってな。当たり前のようにトロフィーや表彰状が並んでいるものだから、思わず見入ってしまった」

『ストレングスの校舎へ行けば、エントランスを埋め尽くすメダルやトロフィーを見ることができますよ。まるで宝物庫……いえ、彼らに言わせれば〝まるで〟という言葉は不要なのでしょうね。それはともかく、落ち着ける場所に着いたのなら、先ほどの話を続けましょう』

白上《しらかみ》の話を聞きながら部屋を眺めていると、ガラスケースの中に飾られた一枚の写真に目が惹《ひ》かれた。手に取ってみると、それはどうやら大会の会場で撮られた写真のようだった。

――二人の少女が、それぞれ銀と銅のメダルをカメラに向けている。

そのうちの一人は、ややあどけなさこそあるものの、よく見覚えのある顔立ちだった。

……おおぅ？

眉間《みけん》を押さえ、目を閉じ、深呼吸をして、写真の隣に置かれたメダルを確認する。

――全国中学校スケートコンテスト　第三位　雪代宮古《ゆきしろみやこ》

……これはやってしまったな。

よりにもよって、こいつの部屋を一発で引きあてるものだろうか？

そういえば、この部屋を包む香りにどこか覚えがあったのだが、つまりはそういうことだ。

「――女の子の部屋で、人の留守中に、いったい何をやってるのかな、久原《くはら》くん？」

そしてこういう時には、悲しいかな、事態は悪化の一途を辿《たど》るのが世の常というものである。

『久原さん、今の声は？』

「俺の社会的立場の断末魔だな、きっとそうに違いない」

『……大変な修羅場であるということだけは伝わりました』

「おう、現在進行形でめちゃくちゃ睨《にら》まれてる」

雪代さん、怖すぎるから何か言ってくれないかな？

おっと、俺の横を通り過ぎて、タオルを手に巻いて、スケート靴のブレードを外して……。

――やっべえ、マジギレだ、これ。

「白上、俺はあと三〇分ほどで脱出する。それまでに合流地点を決めておいてくれ」

『かしこまりました。こちらでも可能な範囲の準備を進めます。どうか、ご無事で』

その言葉を最後に、電話は白上の方から切られた。

俺は息をつき、スマートフォンをポケットにしまい、シャツの襟をとりあえず正してみる。

「おお、雪代《ゆきしろ》じゃん、久しぶり。他の奴《やつ》とは最近会ってる？」

「私の知り合いにね、スケート靴の刃で背中を一七針分も切った人がいるんだ」


痛い痛い痛い！！！

というか怖い怖い怖い！！！

やばい、もはや会話が成立しないほどに激おこでいらっしゃる。

「ねえ、久原《くはら》くん。今の君の状況なら、ちょっとくらい怪我をさせても他のストレングス生がやったことにできると思うんだけど、どうかな」

「早まるな、日本の鑑識は優秀だ。遺体を見れば死因から犯人の体格は割り出せる」

「……それ」

雪代はブレードを握っていない左手で、俺が持っている写真立てを指さした。

「返して？」

「ああ、奇遇だな、俺もこれをお前に返したいと常々思っていたんだ。だから落ち着いて凶器を置け。今ならまだお前は裁判で優位に立てる」

状況的に裁判が起きたら被告人は間違いなく俺なのだが、それは棚に上げておく。

というか状況と言えば、なぜ雪代は自室へと戻ってきたのだろうか。

さっさとハイドラ社へ行ってデータを渡してしまえばよかったのに。

もしかして、寮で過ごす部屋着から外出用の服に着替えにきたのか？

デートに行くわけでもあるまいし、それだけの用事でわざわざ着替えるとはマメな奴だ。

あるいは、これが世に言う女子力という奴なのかもしれない。

俺には理解の及ばないところではあるが、なるほど、女心によるものであるのなら、ここは聞かずにおくのが粋《いき》な男の振る舞いというものなのだろう。


「――っ！　はやく、返して！」


俺が間抜けなことを考えているあいだに痺《しび》れを切らした雪代が、右手のブレードを振り上げて走ってくる。俺は写真立てを置き、近くにあったペン立てからボールペンを一本拝借し、ブレードの先端に空いた穴に通した。

ドアノブを回すように手首を返す。ペンの動きに巻き込まれたブレードが雪代の手から滑り落ちる。床を転がるそれを、俺は軽く蹴《け》とばした。

「お前なあ、俺だからよかったものの、一般生徒だったら普通に刺さってたかもしれんぞ」

「うるさい！　どうして、久原くんがここにいるの！」

巻かれたタオルをそのままにして、雪代は殴りかかってくる。

俺はそれを手の甲で軽く弾《はじ》いた。

「勝手に入ったことは謝ろう。しかし、ここがお前の部屋だなんて思いもしなかったんだ」

「そんなっ、なんで、よりにもよって！　その写真を見てるんだよ！」

弾《はじ》かれた手を雪代《ゆきしろ》は再び振りかざす。胸で受ける。大した力は入っていない。

雪代の爪先が俺の脛《すね》を蹴《け》りあげる。避《よ》けはしない。

何発受けようとも、今後の活動に支障が出るほどの蹴りではなかった。

拳《こぶし》も、脚も、雪代の身体《からだ》に込められた力は、見た目相応の少女のものだった。

俺は立ったまま、その場を動かずに、雪代が息を荒らげ汗を流す姿を、ただ見つめていた。

「すぐに出ていこう。ここは長居に向かないらしい」

よろめいた雪代の頭が胸にもたれかかる。彼女の荒い息づかいをシャツ越しに感じた。

「……お願いだよ、久原《くはら》くん。はやく出ていって。それで、全部忘れて」

雪代の手はおそらく、俺の肩を摑《つか》もうとした。

しかし、タオルが巻かれたままの手ではそれも叶《かな》わず、滑り落ちていく。

本当ならば、俺はここで雪代を拘束するべきなのだろう。

そうすれば、こいつとハイドラ社との連絡を絶つことができる。こちらの状況を奴《やつ》らに知られずに済むのだから、やらない理由はない。

しかし俺の身体は、雪代の肩を一度叩《たた》いたあと、ドアの方向へ歩き出していた。

恥ずべき行為だ。作戦遂行のために最善の行動がわかっていながら、それを選択しない。

頭の中では、写真のあどけない雪代の顔が浮かんでいた。彼女は笑っていなかった。
あの苦しげな表情が、雪代をさらに苦しめることを俺に拒ませたのだ。
振り返ることはせず、俺は部屋のドアを開ける。
廊下の先からは、侵入者を探す一般生徒の声が聞こえてくる。
ドアを閉めて、思考のスイッチを切り替える。
これから待つのは、脱出を阻む数百の屈強なアスリートたち。
心の乱れは、全て作戦の失敗に直結する。
白上《しらかみ》には三〇分と伝えたが、あるいは捕まる可能性の方がよほど高いだろう。
それでも俺はやらなければならない。助けるべきもののために。
胸に残った雪代の熱を振り払うように、俺は走り出した。
じくじくと疼《うず》く胸の痛みは、しばらくのあいだ残り続けた。

005

SCHOOL=PARABELLUM

暗い視界に、三日月形の光が差し込む。頭上から入り込んできた風を吸い込むと、肺に溜《た》まっていた淀《よど》んだ空気が少しばかり洗い流されていくような心地がした。

三日月形の光に指を差し込み、握ったマンホールの蓋《ふた》を力いっぱい持ち上げる。

顔を出してみると、どうやらそこはビル同士の隙間にある狭い路地のようだった。

人の気配がないことを確認してから梯子《はしご》を上り、外へ出る。

汗を拭《ぬぐ》い、白い月を見上げて、やけに湿った息を吐く。


「――色々あったが、なんとかなったな」


雪代《ゆきしろ》の部屋を出たあと、俺はストレングス生たちによる猛追や幾度とない襲撃を受けながらも、最終的にはご覧の通り、なんとかなったのであった。

いやー、それにしても凄《すご》かった。

弓道部とサッカー部の連携たるや、驚きを通り越して感動すらあった。

これから先、ＰＫ戦を落ち着いた心で見ることが俺にはできない。

なにより、温水プールにあのような戦略的活用法があったことも驚愕《きょうがく》の一言だ。

間一髪のところで馬術部が飼育する白馬が闖入《ちんにゅう》してきたからなんとかなったものの、あれが仮に黒馬であったなら、さすがの俺もただではすまなかったはずだ。

ストレングスをたかが一般生徒の集まりと思っていたことは、まさに慢心であった。

途中から、雪代とのごたごたについて考える余裕なんて全くなかったもんね。

しかし、落ち着いて思い返してみれば、おそらくはあの部屋における雪代の動揺こそが彼女の上昇志向の核であるということなのだろう。

少女らしさとはほど遠い、執念とも呼ぶべき雪代の立身出世にかける思い。

「とはいえ、あの様子だと事情を聞かせてもらえることはなさそうだ」

そもそも個人の事情や悩みなど、余人が聞いたところで理解できるものではない。


ちなみに俺は雪代に裏切られたことを少しも怒ってはいない。

むしろ今回の件を通して久原京四郎《くはらきょうしろう》は、雪代宮古《みやこ》という女への苦手意識が薄れてさえいた。

そこに理念と目的があるのならば、善悪はさておき、その行動は努力と言い換えられる。

万能ゆえに努力ができない久原京四郎は、頑張る奴《やつ》のことが、わりと好きなのであった。

それに、なりふり構わずに声を荒らげる雪代《ゆきしろ》は、取ってつけたような笑顔でいるよりもよほど魅力的だった。

そんなことを考えていると、ポケットの中にあるスマートフォンが震えた。

確認すると、モニターにはゴシック体の文字で《雪代宮古《みやこ》》と表示されている。

まるで考えが読まれたような、あからさまなタイミング。

しかし俺はそのようなオカルトを信じる人間ではないし、雪代もあんなことの後にすぐさま電話をかけてくるような奴《やつ》ではない。今さら彼女が俺に用件もないだろう。

ならば、雪代の電話を使って俺に何かを伝えようとする人物とはいったい誰なのか?

『──よお、よお、くそったれなヒーローめ、調子はどうだ?』

スピーカーから、なんとも品のない男の声がする。聞いているだけで汗と煙草《たばこ》の臭《にお》いが届いてきそうな、不愉快な声。俺はすんでのところまで出かかった舌打ちをどうにか堪《こら》えた。

「……一応、聞いておこう。お前は誰だ」

『おっと、こりゃ失敬。俺はハイドラ社のウェルナーってもんだ。ああいや、覚える必要はない。名乗ったのは、俺がことさらに礼節を重んじる男だからさ』

「ああ、ならそうしよう。覚える価値もなさそうな名前だしな」

そう言うと、ウェルナーはスピーカーの奥で声を上げて笑った。

圧倒的優位に立っている者に特有の、周囲に憚《はばか》ることのない大笑い。

『なるほど、なかなか度胸のある奴だ。いいぜ、俺は勇敢な人間には敬意を払う』

「そいつはどうも。さっさと用件を言え」

『おうとも、実は今、お前のお友だちをディナーに招いているんだ。お前は知らんだろうが、俺が作る豚のソテーは絶品でな。ともあれ、男と女が仲良く一夜を過ごすんだ。邪魔が入ったら台無しになるってのは、お前も男ならわかるだろう？』

ウェルナーは途中で言葉を切り、咳払《せきばら》いをした。痰《たん》の絡んだ、不快な音だった。

『俺の飼い猫の世話をしてくれたことには礼を言おう。だが、これからは大人の時間なのさ、坊や。大人しく家に帰って、アニメを見て、風呂に入ってぐっすり寝るんだ。オーケイ？』

「……お前に、俺が嫌いなことを教えてやろう」

『なんだ、言ってみろ』

「俺は自分の友だちが俺抜きで楽しんでいるのと、友だちを危険にさらす奴が何より嫌いなんだ。彼女たちに指一本触れてみろ、生まれたことを後悔させてやるぞ、ウェルナー」

そう言って、俺は一方的に通話を切った。

風香《ふうか》と霧島《きりしま》の身柄が拘束された。その上で、俺がハイドラ社の要求を飲む道理はない。

俺の仕事は人質の解放のために尽力すること。

目の前に保護対象者がいたのならば、一直線に飛んでいく弾丸。

ここで引き下がってしまえば、久原《くはら》京四郎《きょうしろう》は弾丸ではなくなってしまう。

人でなしが存在意義まで見失っては、もはや何も残らない。

「……どうだ、親父《おやじ》。俺はあんたの言葉のとおり、完全にして完璧な弾丸になりおおせたぞ」

ストライキを企《くわだ》てたところで、雷管《らいかん》を叩《たた》かれれば飛んでいかずにはいられない。

いついかなる状況であっても焦ることなく、慌てることなく、最善手だけに思考を向ける。

落ちこぼれと、劣等生と言われても、久原京四郎《くはらきょうしろう》は自身の完全性を捨てられない。

俺に不可能はないと、徹底的に弱さを排除しなければ、いざという時の動きに陰りが生まれてしまう。弾丸としての性能が落ちてしまう。

俺ならば必ず救い出せると、そう考えるのが久原京四郎の正しい在り方だから、俺はそのように考える。

風香《ふうか》と霧島《きりしま》が捕まっても、二人の安否を無為に心配する自由が俺にはない。それ以外の生き方を、俺は知らない。

ハイドラ社の目的は個展の妨害であり、なにか思想的な要求や暴力的な欲望があって彼女たちを略取したわけではない。少なくとも、しばらくのうちは風香も霧島も無事だろう。

……とまあ、こんな具合に、友人の身が危険に晒《さら》されてもろくな心配をできないのが、久原京四郎という男なのだ。今もなお、二人の安全からはすでに思考を切り離し、スマートフォンでメールアプリを開いている。

メールボックスの中で、一番上に表示されているものに目を通す。

差出人は白上寧々子《しらかみねねこ》。

メールには必要な準備を全て済ませているという旨と合流地点が書かれている。

どうやらお膳立ては完了しているらしい。

――ならば俺も、闘争《パラベラム》の準備を始めよう。

＊＊＊

私、霧島紗衣が生まれたのは、青森の山間部にある小さな村だった。

父と母は毎日遅くまで街へ仕事に出ており、私は祖母の営む惣菜屋《そうざいや》で手伝いをしながら、陽が落ちるまでずっと絵を描いていた。

遊びに出かけるような友だちはいなかった。そもそも、村には子どもが私だけだった。

祖母は耳が悪く、あまり話をしない静かな人だった。だから私も黙って絵を描いていた。

絵を描くのは楽しかった。私は絵が好きだった。絵もきっと、私のことが好きだった。

クレヨンを動かしているうちに、宝箱が頭の中に浮かんでくる。それを開けると、よくわからないものが一度にいくつも飛び出してくるのだ。

それを頭の中で見て、触れて、聞いて、吸い込んで、飲み込んで、ようやく名前がわかったころに、いつしかそれは絵というかたちを持ちはじめる。

私は絵を完成させると、必ず祖母にそれを見せた。すると祖母は黙ったまま二度頷《うなず》いて、里芋の煮物やきんぴらごぼうを並べた棚に絵を留める。それが二人の会話だった。

いつしか宝箱は頭の中に十も百も現れるようになって、それを全部開けるには、時間がどれほどあっても足りなかった。

だから私は、この宝箱を全て開けることを、自分の人生というものにしてみようと、幼いながらにそう思った。そして今も、私は宝箱を開け続けている。


中学生になると、私は粘土や針金で彫刻をつくるようになった。中学校は村の外にあり、同級生も少しはいたが、趣味の合う人はおらず、話下手な私に友だちはできなかった。

祖母と暮らす店の中は、いつしか物菜の皿よりも私の作品の方が多くなってしまった。

変わった惣菜屋《そうざいや》があると地元で話題になり、地方紙が写真を撮りに来た。私はカメラを持った男のヒゲ面《づら》がどうにも恐ろしくて、店の奥に籠《こも》っていた。それが中学二年生の時のこと。

店は少しの間だけ客が増えたが、すぐにほとぼりは冷めた。

そうして私と祖母は、言葉のいらない会話をする大切な時間を取り戻した。


時が経ち、今さらになってその記事を見たという人が店にやってきた。

私は中学三年生。友だちは、やっぱりまだいなかった。

その人はとある高校で美術を教えている者だと名乗り、私をぜひ迎えたいと言ってきた。

そこへ行けば、私と同じように絵画や彫刻に打ち込む若者が大勢いるのだと、その人は言った。そして、もっと多くの人に私の絵を見てもらえるようになるはずだ、と。

私はその申し出を断ろうとした。

その時の私には、自分の絵を誰かに見せようとする意思がなかった。

一人でも宝箱を開けていられるのならばそれでよくて、中学校を卒業したあとは、近ごろ腰が悪くなった祖母とともに、二人で惣菜屋を営みながら生きていこうと、そう思っていた。

なにより、自分がここを離れたら、祖母は話し相手を失ってしまう。

祖母の耳は悪くなる一方で、彼女と満足に話ができるのは、自分だけなのだ。

すみませんがお断りします。私がそう言おうとした、その時だった。

「いってらっしゃい」

後ろでじいっと黙っていた祖母が、ひとこと言った。ずいぶんと久しぶりに聞いたものだから、私ははじめ、それが祖母の声であると気がつかなかった。しわがれた、低く細い声。

私が驚いて振り返ると、祖母はもごもごと口を動かし、背中を丸めて、それきり何も言わなかった。私のよく知る、いつもどおりの彼女の姿。

翌年の春、私は私立五才星学園《ごさいせいがくえん》に入学した。

＊＊＊

「――切りやがった。生意気だが、度胸のある小僧だ」

スマートフォンを宮古《みやこ》に返して、ウェルナーは笑いながらそう言った。

京四郎《きようしろう》がウェルナーにどのようなことを言ったのか、少し離れた場所で縛られている紗衣《さえ》にはわからない。しかし一方的に電話を切られたらしきところをみるに、どうやら交渉は決裂したようだと、紗衣は想像した。

風香《ふうか》とともに連れてこられ、この部屋に押し込まれて、両手を背中の後ろで縛られ、もう二〇分ほどになる。

はじめは混乱と恐怖で頭の中がいっぱいになり、次に巻き込んでしまった風香への罪悪感が心を占領した。暴れたり逃げ出したりするような行動を紗衣が取らなかったのは、そんな方向へ思考が及ばないほどの激しい嵐が、紗衣の心をかき乱していたからだった。

少々の時間がたった現在、紗衣はいくらかの落ち着きを取り戻している。

紗衣にとっても意外というほかないその冷静さをもたらしたのは、隣で同じように縛られている友人の存在だった。男たちがアトリエに闖入《ちんにゆう》してから今までのあいだ、風香は悲鳴もあげず、恐怖を顔に滲《にじ》ませるようなこともしなかった。

落ち着きはらった風香の態度は結果として功を奏した。もし風香が必死に抵抗していれば、男たちは彼女に手をあげたかもしれない。それをしなかったからこそ、男たちが必要以上の乱暴な手段に出ることはなかった。

「電話が終わったなら、もう喋《しゃべ》ってもいいかしら？　私はそこにいる、あなたのペットに言いたいことがあるんだけど」

紗衣はそう言って、部屋の隅で壁に体を預ける宮古を睨《にら》みつけた。宮古は出会った時のパーカ姿からラフな水色のホッケーシャツに着替えており、その些細《ささい》な変化でさえも、紗衣の苛立《いらだ》ちの温度を上げる要因となった。

睨まれた宮古は紗衣の方に視線を向けこそすれ、何かを言うことはなかった。

「……無視ってわけ。そういうところ、本当に腹が立つ。話をする気がないのなら解放して、と言いたいところだけど、それも無視されてしまうのかしら？」

紗衣がそういうと、ソファに座っていたウェルナーが立ち上がった。

「いいや、そんなことはねえさ。ただしそれは俺の頼みをちいとばかし聞いてからのことだ」

「ウェルナー！　何をもたもたやっているんだ！　はやくその娘を締め上げろ！」

ウェルナーの後ろにいる小太りの男が怒鳴る。電話をかける前のやり取りを聞くに、この男がハイドラ社に個展の妨害を依頼しているようだった。

「何のために金を払ったと思ってる、痛めつけてやった方がよっぽど早いだろう！」

「ミスター矢口《やぐち》、うちの小さい事務所じゃあ、あんたの声はちょっと大きすぎる」

ゆっくりと諭すように言って、ウェルナーは矢口と呼ばれた男に近づいていく。

「仕事にはスマートなやり方、みんながハッピーになれる落とし所ってもんがあるんですよ。俺はそいつに向かって勤勉に働いている。わかりますね？」

互いの額がぶつかるほどの位置まで顔を寄せて、ウェルナーは言う。

矢口の太い首を汗が伝っていく。黙っていろ、余計な邪魔をするなというウェルナーが送った言外のメッセージを、どうやら矢口は正しく受け取ったようだった。

何も言わない矢口を見たあと、ウェルナーは満足げに頷《うなず》いた。

そして紗衣《さえ》の下へやってくると膝を曲げてしゃがみ込み、目線の高さを合わせた。

「いたってシンプルな話なんだ、こいつはな。お嬢ちゃんが開く予定の個展、それを中止するって約束してくれりゃあいい。それだけで俺たちは仲良しになれるんだよ、お嬢ちゃん」

諭すように、窘《たしな》めるようにウェルナーは言った。

奥に秘めた凶暴性を隠すつもりもない、いかにも優しく作り上げた声色《こわいろ》。

「……私は個展を開く。あなたたちに殴られようと、犯されようと、絶対に。たとえ殺されたとしても、個展には遺作を並べるわ」

「嘘《うそ》を言っちゃあいけねえよ、お嬢ちゃん。お前にそんな度胸はない。あの小僧や、隣のお友だちみたいな奴《やつ》がな。俺にはわかる。お前の目は臆病者の目だ」

ウェルナーの人差し指が、紗衣の瞳から数センチほど離れた位置に突きつけられる。ウェルナーの指に染《し》み付いたヤニの臭《にお》いが鼻に届き、紗衣はびくりと身を震わせた。

紗衣は自分の言葉がウェルナーの言うとおり嘘であるとわかっていた。

事実、暴力を振るわれても、我が身を汚《けが》されても、紗衣が個展を中止することはない。

しかし、紗衣の隣には風香《ふうか》がいる。この友人にそれだけの苦しみが降りかかることを、紗衣は看過できない。

「いいか、よく聞け」ウェルナーはしゃがんだまま、体を揺らしてバランスを取っていた。

「俺たちはみんな、お前さんらのような学がねえ。およそ教育なんて呼べるもんは一つも受けてねえときた。そんな奴らを連れて、俺はこの街へ仕事を見つけにやってきたんだ」

ウェルナーは作業着の胸ポケットから潰れた煙草《たばこ》の箱を取り出し、一本を口に咥《くわ》えて火をつけた。吐いた煙が紗衣の顔にかかる。息を止めて、紗衣はウェルナーを睨《にら》んだ。

「けどな、お嬢ちゃん。教育なんてもんがなくとも、俺らには立派な二本の腕があって、そいつを上手に使えば、お前さんの目を潰すことも、腕を折ることだってできるんだ。なんの才能もない俺たちが、お前の才能をおしゃかにしちまえる、お手の物さ」

――わかるな？　そう言って、ウェルナーは足元に煙草の灰を落とした。

その時、ウェルナーの奥で宮古《みやこ》がほんの少しだけ顔を顰《しか》めたのを紗衣は見逃さなかったが、その真意までは読み取れなかった。

「こいつは俺らなりの優しさなんだよ。しかし、優しさってのは塩や酒と違って消費期限がある。そんでもって期限を決めるのは、この場において俺なのさ、お嬢ちゃん」

ウェルナーの言葉の一つ一つには、紗衣《さえ》を恐怖させるために用意された暴力的な音が使われており、それは正しく機能していた。紗衣は歯を食いしばり、どうにかウェルナーを睨《にら》みつけながら、後ろ手に握った拳《こぶし》を震わせていた。

彼の言っていることは事実だ。その気になれば、この男たちは容易《たやす》く暴力を行使することができる。紗衣から目や腕を奪うことを、ここにいる人間はきっと躊躇《ためら》わない。少なくとも、ウェルナーの言葉は紗衣にそう感じさせた。

目を奪われれば、キャンバスが見えなくなってしまう。腕を折られれば、筆を振るえなくなる。そうすれば、紗衣の言葉は失われる。恐怖がゆっくりと体に染《し》みわたっていく。

「——大丈夫だよ、紗衣ちゃん」

隣で、風香《ふうか》がそう言った。

目を閉じたまま、紗衣の心を染め上げた恐怖という名の塗料を優しく拭《ぬぐ》うような柔らかい声と微笑《ほほえ》みを、風香は紗衣に向けた。

「悪い人も、怖いものも、全部きょうちゃんがやっつけてくれる」

風香《ふうか》は不安や懸念といったものを全て遠くへ追いやって、極めて純粋な信頼だけを浅く膨らんだ胸の内に含ませていた。

「だからさ、ここで待ってよ、二人で、きょうちゃんのこと。のんびり、のんびり」

そのまま風香が眠りについてしまうのではないかと、紗衣《さえ》は思った。

それほどまでに風香は落ち着いていて、安らかだった。


「……随分な自信じゃねえか。どうして小僧がお前たちを見捨てねえって、俺たちをやっつけられるって、そう思うんだ?」

「したから、前に、約束。何があっても、絶対に助けてくれるって」

ウェルナーを相手にしても、風香が態度を変えることはなかった。

目を閉じたまま、口元には柔らかい笑みを浮かべている。

「宮古《みやこ》、あの小僧は何者なんだ?　お前が知ってることを教えろ」

「……たしか、傭兵《ようへい》の出身、みたいなことを言ってましたねー」

宮古は相変わらず部屋の奥に立ったまま、ウェルナーに視線を向けることなく言った。

「傭兵?　若いだろうに、難儀な商売だ。どこの所属か、聞いてるか?」

「えっと……ホワイト・ファルコンって会社だったと思いますけど」

「……そいつは本当か？　お前の記憶違いじゃなく？」

「そもそも間違えるほど詳しくないですし、私」

宮古の言葉を聞いたウェルナーは眉間《みけん》を押さえながらソファに座る。短くなった煙草《たばこ》を最後にひとくち大きく吸って、残りを灰皿で揉《も》み消し、薄い頭髪を撫《な》でた。

そしてウェルナーは紗衣の顔を眺めてから、矢口《やぐち》に視線を移す。

「まったく厄介な仕事を引き受けたもんだ、できることなら、今すぐ看板を下ろしたいぜ」

「何を言っている！　そのガキがなんだというんだ！」

怒鳴りつける矢口に向けられたウェルナーの瞳には、無知な愚か者を見る時に生じる特有の成分が含まれていた。少しの間、ウェルナーは口を開かなかった。

「民間の戦争屋ですよ。俺たちみたいな端金《はしたがね》で動くゴロツキとは違う精鋭集団、一番のお得意さんは、かの有名な合衆国《アンクル・サム》だ。……正直に言って、俺の手に負える相手じゃねえ」

「……今さら怖気づいたとは言わせせんぞ、ウェルナー」

「投げ出すのを我慢してるんだから、そのくらいのことは言わせてほしいね。……心配しなくとも俺たちはビジネスマンで、プロフェッショナルだ。一度受けた仕事はやり遂げますよ」

俯《うつむ》いて、手のひらで顔を洗うように何度も擦《こす》り、ウェルナーは顔を上げる。

「なに、仕事はいつだって辛《つら》いもんよ。そして辛けりゃ辛いほど、終わったあとの酒は上手《うま》くなるのさ。まったく、ろくでなしも楽じゃねえなあ、ええ？」

それはおそらく、自分自身に向けた言葉だった。

そして言い終えた時、ウェルナーの瞳にはすでに、明確な戦意が宿っていた。

＊＊＊

『改めて、今回のことは私《わたくし》の不手際です。諸々《もろもろ》の用意は全て済ませておりますので、何はともあれ、ひとまず私の下までご足労いただければ幸いです』

合流地点へ向かう途中、経過報告のための電話を入れた俺に対し、白上《しらかみ》はそう言った。

白上の声は落ち着きはらっているようにも聞こえたが、そこにはどこか、悔しさや不甲斐なさのようなものが滲《にじ》んでいた。

途中、雪代《ゆきしろ》の件もあり、裏切りの可能性を考慮する俺の様子を察した白上は、

『トレーダーたる我々に、敵や味方といった区別はありません。求めるものと支払うもの、それらを両手に携えた全ての人を、我々は等しく顧客として扱います』

そんな風に、言い慣れた、読み上げソフトのように機械じみた口調で言ってきた。

電話は最低限の確認事項のみに済ませ、俺は白上の指定した場所へと向かった。

ダイニングバー・トマリギ。

壁に嵌《は》められた格子窓《こうしまど》は中からカーテンがかかっており、店内は覗《のぞ》けないものの薄明かりが

漏れていた。窓に耳を当てると、マディ・ウォーターズの太く奥行きのある歌声が小さく聞こえてくる。他に声はない。

入口扉にかかったプレートには《CLOSE《閉店中》》と書かれている。白上の言っていたとおり。

店に入る前に中を覗くと、エプロンをかけた恰幅《かっぷく》の良い中年男性がいた。

日焼けした浅黒い肌と底辺の長い三角形の鼻は、体格も相まって《ザ・チェス・ボックス》のジャケットに描かれるウォーターズにそっくりだった。

レンガ造りの薄暗い店内で、白上とウォーターズは仲良さげに何かを話しているが、その内容までは聞き取れない。

扉を開けたところで、ウォーターズがこちらを見て「いらっしゃい」と言った。見た目とは裏腹に細く小さな声は、本物のウォーターズとは似ても似つかないものだった。

続けて白上が回転椅子《いす》をまわして体ごとこちらへ向いた。

白上はジャケットとネクタイを外して、シャツも第二ボタンまで開けている。

「お待ちしておりましたよ。本当に、ご無事で何よりだ」

ほっとしたように息をつく白上は、昼間と比べて雰囲気がいくらか柔らかかった。口元の笑みが昼間より自然なものに見えるのは、きっと照明のせいだけではないだろう。

席についた俺の前に、ウォーターズがコースターとグラスを差し出した。

「ジャスミンティーです。まずは一息つかれるとよろしい」白上が言う。

ほんの数滴を舌につけてから、俺はグラスの中身を一気に飲み干した。

茶葉の香りが鼻から抜けて、食道がつんと冷やされる。

「さすがは男子、よい飲みっぷりです」

満足げに言って、白上《しらかみ》は右手を口元に寄せた。その手には円柱状の細い棒が握られている。

その端を唇の真ん中で咥《くわ》えると、白上の薄い唇の隙間から白い煙が少しだけ漏れた。

「……俺の記憶が確かなら、お前はまだ一八歳だったはずだが？」

「そのとおり、久原《くはら》さんと同い年ですよ。……ああ、これのことですか」

白上は驚いているような、微笑《ほほえ》んでいるような、なんとも曖昧《あいまい》な表情を浮かべた。

口ぶりからするに、俺についての調べはそれなりについているようだ。

「アカデミアの学生が開発中の《リキッドシガー》——平たく言えば、吸引型フレグランスツールの試験機です。煙のように見えるのは水蒸気、ニコチンもタールも入っておりませんので健康に害はありませんし、現行法に違反するものでもありません」

白上の口からまた煙が漏れる。煙からはミントの香りがした。

「改めて、今回のことは私《わたくし》の不手際です。事務所のセキュリティレベルは十分に保っていたつもりでしたが、彼らの強引さを、いささか甘くみていました」

「無理もない。本気で破壊しようとすれば、世の中の大抵のものは壊れるものだ」

話が止まったタイミングを見て、ウォーターズが新しいグラスを差し出してきた。

今度は、氷の入ったアイスコーヒー。俺はそれを、ほんの少しだけ口に含んだ。

白上は、コーヒーを飲む俺の様子をじっと眺めていた。

「……冷静なんだな。一般生徒ならば、もっと取り乱してもよいだろうに。正直俺は、ここへ来るなり詰め寄られるものだと思っていた」

「私が焦ったところで、できることはありませんから。それに、久原さんが焦って行動に出ていないことには、相応の理由があると見てよいのでしょう?」

「ああ、今はまだ街に人の目が多く、騒ぎを起こすには向かない時間帯だ。騒動を聞きつけた警察が余計な介入をしたせいで作戦が混乱するなんて、笑えないからな」

「……ならば、そうしましょう」

白上はグラスを手に取ったが、それを口に運ぶことはしなかった。白上の指はわずかに震えており、彼女の冷静さが心の深い部分からやってきたものではないことを物語っていた。

「俺のことは、どこまで調べた?」

「日系アメリカ人・久原京四郎《きょうしろう》。一八歳。民間軍事会社ホワイト・ファルコン所属。幼少期から戦闘、学術などの高度な訓練を受ける。私立五才星学園《ごさいせいがくえん》の治安維持の任を受け、本年四月に同校の一年生として入学――とまあ、このようなところです」

「ならば、それを知った上で、お前はどうして俺を呼び出したんだ」

「無論、捕まった二人の保護をお願いするために」

「頼まれなくとも、俺はすでに動いている。聞いているのは、お前が介入しようとする理由の方だ。黙っていても勝手に二人を助けようとする俺を呼び出して、わざわざ一枚嚙《か》もうとする事情が何かあるんだろう？」

「……商売人としての矜持《きようじ》です。久原《くはら》さんの活躍を眺めているだけでは、私《わたくし》の面子《メンツ》は丸潰れだ」

「嘘《うそ》だな。矜持や面子にこだわるタマじゃないだろう、お前は」

「万が一にも久原さんが失敗して個展が中止になった場合、なくした御足《おあし》を取り返すことができなくなってしまいます。できる限りの協力をするのは当然かと」

「それも嘘だ、そうだろ？」

「……ええ、利益と損失の話をするのなら、妨害があった時点で手を引いていますから」

妨害の対抗策を考える時間があるのなら、その時間でもっと多くの金が稼げたはず。

セキュリティの高い倉庫を借りる資産を他にまわせば、もっと多くの金が稼げたはず。

商売人の考えとはそういうもので、個展はすでに白上《しらかみ》にとって経済的損失なのだ。

「やはり、隠し事はできませんか。……このお話は、他言無用でお願いしますよ」

「ああ、約束しよう」

白上は口を閉じて少し黙ったあと、リキッドシガーを咥《くわ》えた。

それはなにか、喉の奥にあるつっかえを、煙とともに吐き出してしまおうという試みのようにも見えた。

「私は目に映るもの全てに値札をつけずにはいられない、粋《いき》や風情といったものとはかけ離れたどうしようもない人間です」

「ああ、まったく、そのとおりだろうな」

「ここは嘘でも否定するところですよ、久原さん」

白上は小さく笑った。


「──そんなどうしようもないろくでなしにも、動かされる心というのはあるものです。とどのつまり、私は紗衣《さえ》さんの作品に、心底惚《ほ》れ込んでしまっているのですよ」


そう言って、白上は自分の顔を隠すように、煙を深くゆっくりと吐き出した。

煙の奥には、恥ずかしそうに俯《うつむ》く白上の顔があった。

……なるほど。真実に辿《たど》り着《つ》いてしまえば、なんとも奥ゆかしく、可愛《かわい》らしい話だ。

極めて単純なことに、こいつは霧島《きりしま》のことが大好きで、彼女を助け出すために自分も何か力になりたいと、そう言っているだけだったのだから。

俺は霧島と白上の関係性について、頑固な芸術家と阿漕《あこぎ》な商売人と呼んだが、あれはどうやら大きな間違いだったらしい。

なんてことはない、一人のアーティストと、一人のファンが出会ってしまっただけのこと。

「重ねて申し上げますが、この話は他言無用でお願いします。特に、紗衣《さえ》さんには秘密です」

「素直に言ってやればいいじゃないか。きっと喜ぶだろうに」

「……恥ずかしいでは、ありませんか。それに、私《わたくし》のような人間が『あなたの作品に感動しました』と言っても、まるで説得力がない」

「それは……たしかにそうかもしれんな」

「ここも、否定するところですよ。まったく、久原《くはら》さんは器用ですのに、デリカシーに欠けるところがありますな」

誤魔化《ごまか》すように俺を非難して、白上《しらかみ》はアイスコーヒーを一息に飲み干した。

「場所を変えましょう。私としたことが、ここでは良からぬことまで喋《しゃべ》ってしまいそうだ」

白上は立ち上がり、隣の椅子《いす》の背もたれにかけていたジャケットとネクタイを手に取った。俺に顔を向けることなく、カウンター横の扉へ歩いていく。それに続いて、俺も立ち上がる。

扉の奥へ入る時、ウォーターズがグラスを磨く手を止めて「ごゆっくり」と呟《つぶや》いた声が、BGMで流れる本物のマディ・ウォーターズの歌声に重なった。

＊＊＊

扉の奥は小さなキッチンルームとなっており、換気扇や冷蔵庫の駆動音で満ちた飾り気のない空間は、いかにも仕事をするための場といった風情だった。

キッチン中央の床に設置された大きな戸を白上が開くと、地下へと続く階段が現れた。

「さあ、お進みください。特別なお客様だけをお通しする、秘密の商談部屋です」

言われたとおりに階段を降りていく。中は暗く、階段の縁《ふち》に取り付けられたＬＥＤのライトがなければ、思わず足を踏み外してしまいそうだった。

続けて降りてきた白上が戸を閉めると、聞こえるのは二人の足音だけになった。

淡い照明に浮かび上がる塗り壁のパターンに目をやりながら階段を降りるうちに、俺の鼻は何やらよく覚えのあるにおいを嗅《か》ぎ分けていた。

階段を降り切ると道の幅が広がった。「失礼」と一言いって、白上が俺を追い越していく。

通路の奥にある扉、物理キーと静脈認証、暗証番号キーによって厳重に施錠されているそれを、白上は手際よく解錠した。

「どうぞお入りください。上の店には敵《かな》いませんが、私自慢のパーラーでございます」

扉を開け、恭《うやうや》しい手つきで促す白上。

しかし、俺の目はその姿よりも、扉の奥にあるものに奪われていた。

自慢げな白上の視線を受けながら、ゆっくりとした足取りで部屋に入る。

その部屋の天井に照明はなかったが、壁の戸棚と床の四辺につけられたＬＥＤライト、中央にあるデスクモニターの光、身の丈ほどのスタンドライトによって十分に明るく感じられた。

入り口側の壁は一面が全てドリンクセラーとなっており、炭酸水や瓶入りのジュース、ノンアルコールカクテル用のシロップが並んでいる。

そして、残る三方の壁に整然と並べられた、銃、銃、銃——。


「……見事だ」

「本職の方にそのようなことを言っていただけるのは、趣味人としてあまりに光栄ですな」

「ここは？　トマリギのVIPルームというわけではなさそうだが」

「私《わたくし》のプライベートルームです。市内の軍事開発施設のブローカーをやっているうちにハマりましてね。一部商品を個人的なコレクションとして買い上げたまではいいものの、さすがに日の当たる場所で並べるわけにもいかず、こうして眠らせているというわけです」

手袋を嵌《は》め、丁寧な動作で、白上《しらかみ》は壁にかかっている拳銃を取った。

「実を言うとトマリギは、ここを隠すために私が建てた店なのですよ。オーナーは私、上にいる店長は私の叔父になります。彼もなかなかの趣味人でしてね」

白上が言うとおり、実銃のコレクションを開けっぴろげにすることはできないのだろうが、それにしても隠すために店を一棟かまえるというのは、なかなかやりすぎなように思える。

……というか、確実にやりすぎだろう。うちの実家だってここまでじゃないぞ。

愛銃に囲まれてご機嫌の白上が、ドリンクセラーから炭酸水のペットボトルを渡してきた。

「こちらへどうぞ。ハイドラ社の事務所見取り図です」

部屋の中央にある黒いデスク型モニターに、建物の外観と間取りが表示される。

俺は白上と向かい合うように立ってモニターを覗《のぞ》き込んだ。


敷地面積はおよそ八五坪。建物は横長の長方形、二階建て。

一階はほとんどガレージとして使われており、壁を挟んで北側に細長いロッカールームと配電盤室、西側にはキッチン設備のある通路状のフリースペース。ガレージから配電盤室へ繋《つな》がる扉はなく、ロッカールームを経由する形となっている。

フリースペースの西にある階段によって上がることのできる二階は、東側にある事務室と応接室を除き、全てが社員の作業場として使われているようだ。

侵入経路はガレージの東側とフリースペースの南側に扉が一か所ずつと、ガレージの南側に車用のシャッターが二か所。

「紗衣《さえ》さんと風香《ふうか》さんの両名は、二階の事務室か応接室に囚われている可能性が高いでしょう。正確な社員数はわかりませんが、帳簿の出費や経営規模を見る限り一〇名前後、おそらく一五には届かないかと。ガレージには車四台を置くだけのスペースがあります」

白上《しらかみ》がモニターを指でなぞると、画面が別のものに切り替わる。

「次に、こちらがハイドラ社の所有する銃器リストです」

映し出された表計算ソフトの画面には、銃器の型式や仕入れた日付、保有する弾薬の数などの情報が事細かに記されている。……ん？


——これ、明らかに関係者以外は知り得ない超々機密データなんですけど？


「……待て、なぜこんな機密データをお前が持っている」

「それはもちろん、私がハイドラ社に銃器を流していたからですな。正確には、製造会社や不良警官との仲立人ですがね。何を隠そう、銃器は私が扱う目玉商品なのです」

「一番の黒幕はお前じゃねえか！　よくもまあ、そんな助《すけ》っ人面《とづら》して俺の前に立てたな！」

「おやおや久原《くはら》さん、電話で申し上げたはずですよ？　——トレーダーたる我々に、敵や味方といった区別はありません、とね」

「雰囲気に飲まれてなんかいい感じにかっこよく聞こえてたけど、普通に敵だった奴《やつ》が反目しただけじゃねえか！」

俺の怒りを気にした様子もなく、白上はけらけらと笑って受け流す。

いったいいなんだというのだ。白上といい雪代《ゆきしろ》といい、どうしてこの学園には裏切り者があちこちに蔓延《はびこ》っているのだろうか。

俺が疎《うと》いだけで、もしかしたら近頃の女子の間ではこういうムーブが流行っているのかもしれない。だとしたら嫌すぎる。

せめて紗衣《さえ》ちゃんは安易な流行に乗らず、自分のスタイルを貫いてほしいところだ。

初対面の女子全員に初日で裏切られるとか、割と重めのトラウマになるわ。


「お気持ちはわかります。しかしこれは久原さんに対する私なりの誠意でもあるのですよ。顧客の情報を私的な理由で開示したことが公になれば、私は学部を追放されるでしょう。これはトレーダーにとって、それほどまでに重大なルール違反ですから」

「……事が済んだら霧島《きりしま》にも打ち明けろよ。そして謝れ、すごく謝れ」

「紗衣さんに言えるはずがありません。嫌われたらどうしますか」

「嫌われろ、嫌われてめっちゃ落ち込んでしまえ」

「そして傷心中の私を、久原さんが男らしく慰めてくださる」

「ははっ、馬鹿め。俺は女性に対して軽々《けいけい》な態度を取らないことで知られる紳士なのだ」

「なるほど、久原さんは自他共に認めるヘタレである、と」

「やめろ、砕けた言い方で短くまとめるな」

憤る俺を尻目に、白上は画面を間取りへ戻した。

「さておき、いかがです？　久原《くはら》さんはこの状況で保護対象二名をどのように助け出すのか、ぜひお聞かせ願いたいところです」

「……ふん、いいだろう。この程度の作戦、俺には造作もないことだ」

　あらためて間取りを確認する。

　久原京四郎《きょうしろう》が単身で乗り込み、風香《ふうか》と霧島《きりしま》を救うために最善の方法を、俺は考える。

「……建物東の入り口から侵入したのち分電盤室へ忍び込み、照明を落とす。ロッカールームを通ってフリースペースから二階へ上がり作業室を制圧、そのあと事務室内の人質を解放する。装備にもよるが、これが最も順当なルートだろう」

「なるほど、勉強になります。……懸念点になり得るのは、宮古《みやこ》さんの存在だと思われます。そちらについては、どのようにお考えで？」

　雪代《ゆきしろ》の裏切りについては既に電話で報告済みだが、彼女の部屋で見たものに関しては白上《しらかみ》には伝えていない。武士の情けという奴《やつ》だ。

「そう心配せずとも、あいつ、たぶん結構いいやつだから大丈夫だろ」

「とても裏切られた人間の発言とは思えませんね。久原さん、さては絆《ほだ》されていませんか？」

「馬鹿を言え、見た目が可愛《かわい》い年下の女子に甘いだけだ」

「より最悪ですな。……まあ、久原さんならどうにかなさると信じましょう」

「おう、大船《おおぶね》どころか戦艦に乗ったつもりで期待しておけ」

一連の出来事から、俺は雪代の人間性というものについていくつかの仮説を立てていた。

その仮説と現在の状況、そして我が天性の才覚を照らし合わせた時に導き出される結論は、なんとかなるだろ、だったのである。


「装備を見せてくれ。何がある？」

「さて、本職のお眼鏡にかなうかどうか……」

そう言いつつも、白上は意気揚々と壁の棚からいくつかの銃を取り出した。

「――グロック17、抜群の軽量さと高い強度を誇るポリマーフレーム、トリガーセーフティに、弾薬は言わずと知れた九ミリパラベラム……と、釈迦《しやか》に説法でしたかな？」

白上がデスクの引き出しを開けて弾倉を取り出す。迷いない動作。デスクの上を滑らせるようにして渡されたそれを受け取り、ハンドガンに差し込んで、構えてみる。

「うむ、悪くない」

「その他、ＨＫ45、ＵＳＰなども揃《そろ》えておりますが、いかがです？」

「いや、これでいい。一番使い慣れているのが、こいつなんだ」

「なるほど、それは良い話を聞きました」

続けて白上はアサルトライフルを棚から取った。

「室内戦ならば、こちらでしょう。――ハニーバジャー、高い貫通性能を誇る.300ＢＬＫ弾を使用、伸縮性のストックとサプレッサー内蔵、ハンドガードの上下にはハンドストップを標準装備。こちらも、久原《くはら》さんにはお馴染《なじ》みなのでは？」

「ああ、こいつは最高だ。……しかし、長物《ながもの》は動きも制限される、今夜は留守番だな」

かしこまりました、と白上《しらかみ》は少々不満げに言った。

自分の愛銃が一丁でも多く使われることを望んでいたのだろうか。なにげに危ない女だ。

白上は壁にかかっていたタクティカルベストをデスクに置き、そのポケットへデスクの引き出しから取り出した四本の弾倉を差し込んだ。やはり、迷いのない慣れた動作だった。

——さてはこいつ、たまに一人でミリタリーごっこして遊んでるな？

それは……ちょっと可愛《かわい》い。


「弾倉はゴム弾と非致死性電流弾の二種類を用意しています。電流弾は非貫通式で超小型バッテリー搭載、着弾と同時に弾頭が破裂、通電性のジェルが対象に付着し、内部を流れる高圧電流によって動きを封じます。開発中のサンプル品ですが、性能はお墨付きですよ」

「特殊弾……威力のほどは？」

「胴体に当たれば確実に意識を失う程度には、めちゃくちゃ痛いですな」

「すばらしい、何も言うことはない」

「その他の装備は？」

「ＩＲレーザーサイト、マイクロドットサイト、サプレッサーを見繕ってくれ。最低限の信頼性さえあれば、ものは任せる」

「それはそれは、最高の逸品を選ばせていただきましょう」

意気込んでパーツの品定めを始める白上を横目に、俺もまた部屋の物色を始める。

ナイトビジョンやフラッシュバン、作戦に必要な最低限の品を選び、デスクに載せていく。

こうしていると、嫌でもここへ来る前のことを思い出してしまう。

それを思い出すことの何が嫌かと言えば、その記憶が俺にとって、けして暗い過去ではないからだ。一つの苦もなく、俺はそれらの記憶を意識の台に載せることができる。

我が身に危険が及ばない日常というものを知った上でなお、かつての日常を嫌うことのできない自分に、少しだけ嫌気がさす。


「こんなところでしょうか」

「ああ、十分な装備だ」

タクティカルベストを身につけ、ハンドガンを構えて具合を確認する。問題はない。

「さすが、堂に入《い》っておられる」

「……パジャマに着替えた気分だよ」

白上は俺の姿を上から下までじっくりと眺めてから、タブレットを取り出して何やら操作を始めた。その間、俺は壁にかかっていた鏡で自分の姿を見る。

――やはりこれでは、とても学生とは言えないな。

「では久原《くはら》さん、最後にこちらをお納めください」

すっかり物のなくなったデスクの上に、白上《しらかみ》がそっとタブレットを置いた。


真っ白な画面に、明朝体《みんちょうたい》のテキスト。

タイトルは《**請求書**》。


「――おい、なんだ、ここにきて金を取ろうってか」

「当然です。こちらは特別なお客様だけをお通しする秘密の商談部屋でありますれば、部屋の中にあるものは全て、私《わたくし》が提供する商品でございます」

「こっちはお前の頼みで霧島《きりしま》を助けに行くんだぞ？　その俺に金を払わせるのか、ええ？」

「ご安心ください。紗衣《さえ》さんの救出費用の分はしっかりと割引させていただきました」

白上がタブレットをなぞると、書類データの一番下には、たしかに赤字で書かれた割引分の金額も書かれていた。

それでも残っている金額は、少なくともそこらの学生が支払えるようなものでは到底ない。

「金の亡者《もうじゃ》め……！」

「おやおや、久原さんともあろうお方がようやく気づかれましたか？」

「お前とは絶対友だちにはならないからな！」

「なんと、久原さんはここに含まれている友人割引など必要ないと仰《おつしや》る。なんときっぷのよいお方でしょうか。では計算し直しますので、しばらくお待ちください」

「待て、仰ってない！　久原さんはそんなことを仰ってない！　久原さんは白上さんとズッ友になりたいと仰《おお》せだ！　だからそこから動くな！」

これ以上、値段を上げられてたまるものか。

それにしても、なんという女だ。

ハイドラ社に銃器を売りさばき、それに対抗させるための装備を俺に貸し、そうして霧島の個展を成功させて儲けを出す。ことが済めばこいつの独り勝ちだ。

白上寧々子《ねねこ》、信用してはいけない女リストの二番目に追加決定。


「冗談ですよ。さすがの私《わたくし》も、こちらからの頼みで御足《おあし》をせびるような真似《まね》はしません」

ひとしきり笑ったあと、白上は表情を少しばかりマジメなものにしてそう言った。

「嘘《うそ》つけ、俺が文句を言わなければ普通に金を受け取っていただろう、お前」

「それはもちろん、御足を払いたがる方をあえて無下《むげ》にする理由はありませんから」

言わんこっちゃない。やはり、けして善人ではないのだ、この女は。

しかし危ないところだった。普段の仕事であれば、必要な装備は会社から支給されていたので俺の財布が薄くなることもなかったのだが、ストライキ中である現在は……。

と、そこで俺の中に、一つの冴《さ》えたアイディアが浮かんだ。

経済の循環に貢献した上で、俺の気もいくらか晴れる、冴えたアイディア。

「白上《しらかみ》、その請求書の送り先、まだ直せるか？」

「ですから、支払いは結構ですよ。それとも、久原《くはら》さんは払わなくてもよい御足《おあし》を払うのが趣味の物好きだとでも？」

それを聞いて、俺は笑みを浮かべる。

その笑顔は白上から見て、なんとも意地の悪いもののように映ったことだろう。

「いいや、俺にそんな趣味はない。だから、その請求書はここへ送ってくれ」

そう言って、俺は財布から一枚の名刺を取り出した。

「宛先は株式会社ホワイト・ファルコン取締役　久原京三郎《きょうざぶろう》。

《息子より父へ、愛憎を込めて》とメッセージカードを添えるのを忘れるな」

幼い頃、何かあった時にはここへ連絡を寄越せと渡された親父《おやじ》の名刺。

ついぞ使うことはなかったが、まさしく、今がその時であろう。

白上は名刺を見て目を丸くした。そして、口元に手を当てて笑う。

「……久原さんにも、反抗期というものがあるのですね」

「馬鹿を言え、俺はもう一〇年以上も反抗期を続けている大ベテランだ」

そして白上は請求書にかかれた俺の名前の漢字一文字だけを直す。

俺はそれを、少しだけ溜飲《りゅういん》が下がった気持ちで眺めていた。


「そういえば、何か足はないか？　車とかバイクとか」

トマリギからハイドラ社の事務所までは、とても歩いていけるような距離ではない。

さすがにこの格好で電車に乗るわけにもいかないし、タクシーというのもちょっとな。

「足ですか……。バイクくらいならありますが……」

「おお、いいじゃないの、バイク。ぜひとも貸してくれ」

「しかしあれは、商品ではなく私物ですし、それに……」

「よく考えろ、銃火器をぶら下げた男が乗り込んできて『ちょっと人質を救いに行くので、悪党のアジトまで』と言われたタクシードライバーは一体どんな壮絶な気分になると思う？」

「脅し文句として新しすぎますよ」

「車内の空気とか目も当てられないだろうなあ……で、どうなんだ？」

わかりました、そう言って白上はため息をつき、バイクの鍵を渡してきた。

「久原《くはら》さんがそこまで仰《おっしゃ》るのであれば、もう何も言いません。未来の太客へのサービスということにしておきましょう。しかし、くれぐれも丁寧に扱ってくださいね」

「案ずるな、俺はバイクでトラックを飛び越えたことのある男だ」

「それはお見事。不安は増すばかりですな」

現実問題、スムーズに現場へ向かうための手段が手に入ったことは非常にありがたい。

それになにより、夜の街をバイクで駆け抜けての人質救助とは、なんとも味わいがある。かっこいい。バットマンみたいでめっちゃ画になる。

「バイクは店の横に停《と》めてありますので、ご自由に。あとのことは久原さんにお任せします」

「うむ、お前は上でコーヒーを飲みながら朗報を待っているがいい」

白上《しらかみ》からバイクの鍵を預かり、扉を開け、俺は一人で階段をのぼる。

俺の背中に、久原さん、と白上が声をかけてきた。

振り返ると、白上は部屋の入り口に立ってこちらを見上げていた。

「紗衣《さえ》さんと風香《ふうか》さんを、どうかお願いします」

「――おう、任せろ」

俺は再び白上に背を向けて、ひらひらと手を振った。

キッチンへ戻り、ホールから店を出る時、相変わらずグラスを磨いていたウォーターズが小さな声で、「またのお越しを」と言った。

トマリギを出て、白上のバイクを探す。

彼女が言っていたとおり、店の横には一台のバイクが停まっていた。

——ベスパ・プリマベーラ・50cc。

「……原付じゃねえか！！」

思わず飛び出た俺の大声が、暗い通りに響き渡る。

——原動機付自転車と呼称される50cc以下のバイクは、制限速度が時速三〇キロまでに定められ、また、片側二車線以上の公道においては、原則として二段階右折が義務付けられる。

たしかにプリマベーラが名車であることは間違いない。

——しかし、違う、違うんだ。

俺が思っていたのはこう、ごてごてとした、公道ではとてもじゃないがフルパワーを発揮できないようなモンスターマシンで夜の街を駆け抜ける久原京《きょう》四郎《しろう》なんだ。

こんな『小さくて可愛《かわい》いし、近所へ買い物に行くにはめっちゃ便利だよね！』みたいな女子ウケモンスターに乗る久原京四郎ではないんだ。

タクティカルベストを脱ぎ、シート下のメットインに入れ、代わりに取り出したヘルメットを被る。……うわあ、半ヘルだあ。

シートに座り、スタンドを払い、アクセルを入れ、両膝をきちんと揃《そろ》えて走り出す。

夜の風が優しく体を撫《な》でる。体が少しも風を切らない。

……なんだこれ、全然画《え》にならねえ。

……いや、違う。気持ちを切り替えろ、久原《くはら》京《きょう》四郎《しろう》。

お前は今、友人を救うために夜の街を駆けているのだ。

お前は戦士だ。贅《ぜい》や欲を捨てろ。目的達成のための装置になれ。

こうしている間にも、風香《ふうか》と霧島《きりしま》は悪漢に捕まり、恐怖している。

……待っていてくれ、二人とも。すぐに俺が助けに行く。


——二段階右折しながら！

006

SCHOOL=PARABELLUM

私は、霧島紗衣《さえ》は、人間として生まれるべきではなかったのかもしれない。


昔、祖母の家のテレビでミロのヴィーナス像を見たことがある。

ナレーターの男は彼女の欠けた両腕についての考察を熱心に語っていたが、私には彼の言葉が一つも耳に入ってこなかった。それよりも、ヴィーナスの甘くまろやかな曲線と、乳房や腹筋、頰の内側から放たれたような、この世のものならぬ白い輝きに心を奪われていた。

よどみなく、けがれなく、ただ純粋に美しくありたいと願った女心が、そのまま色と光になって表れたような美しさ。思わず鳥肌が立ったのを、今でもよく覚えている。

祖母の家にはＤＶＤやブルーレイといった文明の進歩が届いておらず、ＶＨＳで録画した番組を、私はテープが擦り切れるまで何度も見返した。

五才星学園《ごさいせいがくえん》に入学してすぐに私は資料室へ行き、ミロのヴィーナス像について調べてみた。

文献によれば、彼女の体は大理石でできているらしい。

石灰岩の一種である大理石は、海外では輝く石《マーブル》と呼ばれている。

大理石は内側へ光を通す性質を持っており、入った光が石の内部で幾重にも反射して、まるで内側から光を放つような輝きを見せるのだという。

あの輝きは本当に彼女の内側から放たれていたものなのだと知り、思わずため息が漏れた。

私は、大理石に入り込んだ光の一つになりたいと思った。

私の中にある多くの宝箱。その中に体全部で入り込んで、彼らと触れ合い、彼らを知り、彼らを輝かせるための光になれたら、どれほど幸せだろうかと。


マザー・グースの詩には、サムシング・フォーというものがあるらしい。


なにかひとつ古いもの。なにかひとつ新しいもの。

なにかひとつ借りたもの。なにかひとつ青いもの。


それらを全て身につけると、花嫁は幸せを手にすることができるのだとか。

しかしそれは、結婚願望のない私にとってあまり心を惹《ひ》かれることのない詩だった。

私はただひとつ、借りたものさえあれば、それだけで幸せになれるから。

私の宝箱はこの世界から借りうけたものだ。

見たもの、聞いたもの、触れたもの、食べたもの。

それら一つ一つが、素晴らしいものがうんと詰まった宝箱になって、私の中にやってくる。

私はそれを開けて、世界から借りた宝物をぴかぴかに磨いたあと、元の場所へ返していく。

その作業は一日で終わることもあれば、ひと月かけてもゴールが見えない時もある。

しかしどれほどの時間がかかっても、私がそれに飽きることはなかった。

ただ、これではあまりにも時間が足りないではないかと、子どもながらにそう思っていた。

世界はこんなにも素晴らしいもので満ち溢《あふ》れているのに、それをかたちにするために、人生というやつはとても短すぎる。

だから大理石と光のことを知った私は、失敗したと、そう思ったのだ。

最初から人間ではなく、寿命のない光の一つとして生まれていれば、こんなことで悩む必要もなかったのに、ろくな考えもなしに人として生まれてしまった。——失敗した。

あまりに馬鹿馬鹿しく、幼稚と呼ぶことも憚《はばか》られる後悔だけれど、私はたしかに、そのように思ったのだ。


しかし、後悔しているうちはまだよかった。

学園にやってきて一か月が過ぎたころ、私はすでに、人間でも光でもなく、誰かからの評価を得るために何かを作る装置になっていた。

私が入学したカルチュアは徹底した実力主義で、成果を上げない人間は見向きもされない。

幸いなことに、私は才能に満ち溢《あふ》れた同級生の中でも頭一つ抜けていたようで、何かを作れば評価は得られた。ここにいてもいいのだと思うことができた。

私の作品に人が集まる。誰もが口々に、よくわからない論評をまくしたてる。

それを言い終えた彼らは、満足げに頷《うなず》いて帰っていく。

彼らは私と会話をせずに、私の作品を見ながら話す。


——創作は、私にとって言葉の代わり。


それは今でも変わらない。しかし、その意味は大きく変わってしまった。

学園へ来るのを躊躇《ためら》った時、私は祖母が孤独になることを心配したつもりでいた。

けれど、真実はそうではない。

私はずっと、自分が孤独になることが恐ろしかったのだ。

祖母だけは、何も言わずともよかった。絵や彫刻で話ができた。

祖母から離れれば、声や言葉というものに、いよいよ頼らなくてはいけなくなる。

そしてその方法を、私は知らない。

作り続けなければ、私は誰とも会話ができない。だから私は作り続けた。

祖母と一緒にいた時に生まれた宝箱の残りを、私は消化するように開けていく。

いつの日か、全ての箱が空っぽになるとわかっていながら、休むこともなく作り続ける。

感性はとうに命を失ったと気づいてなお、手を止めることはできなかった。

作品が一つできあがるたび、処刑台の階段を一つのぼっているような心地がした。

この階段をのぼり終えた時、私はもう、人でも光でも、装置でさえもなくなってしまう。

道の先で、果てしない孤独と極寒の砂漠に覆われた人生が私を待っている。

あれほど時間が足りないと嘆いていたのに、今ではたった一日がこんなにも長く感じる。


――今日の昼、南の空に大きなかなとこ雲を見た。

祖母の家で見たお山の上のかなとこ雲は、夏の香りと激しい雷雨、そして素敵な宝箱をいつも私に運んできた。彼が来るたび、私の頭の中はいっぱいになった。

そして少しの時間が経つと、彼は次の夏に会いましょうと言って、大きな体を揺らしながらのんびりと春の背中を追い、やがて来る秋に場所を譲る。私はかなとこ雲が好きだった。

今日、私が見たかなとこ雲は、この街に雨を降らせはしなかった。

きっと遠くの、私が知らないどこかの街で、彼は雷雨と、夏の香りを降らせたのだろう。

——私はずっと、こんなにもあなたを待ち焦がれていたというのに。

あなたが降らせてくれないのなら、この街で、誰が私にそれを与えてくれるというのか。

晴れた青空の下で、私は筆を振るい、石を削る。

春の香りをかき消して、秋の夕日も寄せつけないほどの、激しい雷雨の訪れを願いながら。

私は今日もただひたすらに、筆を振るい、石を削っているのだ。

＊＊＊

ハイドラ社の事務所、東側の入口扉の陰に俺は腰を降ろした。

建物の中からは明かりと人の話し声が漏れている。

ここに来るまでの道中は……正直に言って、めちゃくちゃ大変だった。

トラックやタクシーには死ぬほど煽《あお》られるし、荒れたアスファルトではガタガタ揺れるし、でもここで警察に捕まるわけにもいかないし……。途中、左車線を走っていたところを自転車に颯爽《さっそう》と追い抜かれた時は、さすがの俺も本気で心が折れそうになった。

——しかし、しかしだ。

俺は法規を順守し、最大速度は時速三〇キロ、二段階右折も貫き通した。誰に憚《はばか》ることもない道路交通法の守護者たる姿を衆目に見せつけながら、ついにここまで辿《たど》り着《つ》いたのだ。

そのことについては、なんとも不思議な達成感すらある。

今日はちょっとだけ自分のことを褒めてあげたい。帰りにコンビニでケーキを買おうかな。


ということで、事務所のシャッターは締まり、扉も鍵がかけられている。人の出入りが多い事務所の扉であれば鍵は開けておきそうなものだが、そこは警戒されているのだろう。

スネークカメラを取り出して、扉下部の隙間から差し込む。

白上《しらかみ》の情報どおり一階はガレージになっており、四台の車が置かれている。

指先でカメラの先端を操ると、車と床の隙間に三人分の足が見えた。

「扉近くに一人、対角に二人……。意外と少ないな。人手不足というわけでもあるまいし、人質のいる二階に警備を集中させたのか？」

カメラを引き抜き、タクティカルベストからハリガンツール——釘抜《くぎぬ》きのような形をした、てこの原理を利用して扉をこじ開ける鉄製の道具。なぜこんなものまで白上が持っているのかは不明——を取り出し、扉の隙間へ先端のフォークを差し込む。

持ち手を握り、顔を上げる。

薄くかかった雲の奥に、上弦《じょうげん》の月がぼんやりと輪郭を浮かべている。

俺の視線はその真下にある電車の高架線に向けられていた。

――悪漢が待ち構える敵のアジトへ侵入する際、思わず焦って飛び込んでしまいたくなるのは、きっと人生のうちで誰もが出会う衝動だろう。

しかし、それではいけない。大切なデートの待ち合わせに遅刻した際、必死に走って向かおうものなら髪はぼさぼさ、一張羅《いっちょうら》は汗まみれ、息は切れて謝罪すらもままならない、といった事態になってしまう。それと同じだ。

慌てず騒がず、駅前の花屋で買った薔薇を手に、余裕の笑みとともに現れるくらいの冷静さが紳士には必要なのだ。……まあ、そんな経験も俺にはないんだけど。

――いや、だって異性の口説き方とか教わってないしね？

少なくともホワイト・ファルコンの特別養成プログラムにそんな講義はなかった。一般の学校にはそういった授業があるのか？　たぶんないだろ、知らないけど。ろくに異性との付き合い方も教えないくせに、やれアイツはヘタレだの奥手だの。俺の才覚をもってすれば、教わったら絶対できるけどね、口説きまくりというか。うん、これはもう完全に行政の怠慢というか、社会の盲点だわ。

俺が女性に対して少しばかり経験が不足しているのは、全部政治が悪いよ、政治が。

……なんかすごく安直な発想で行政を敵に回した気もするが、閑話休題。

つまり何を言いたいかというと、この状況においても大切なのは心の余裕ということだ。

落ち着いて顔を上げ、耳をすませば、扉をこじ開けるために最適な瞬間というのはむこうから教えてくれる。……ほぉら、心を落ち着けて、そうすれば、聞こえてくるでしょう?

がたん、ごとん——そうです、子どもの頃、誰もが愛してやまなかった電車の走行音。

あの頃と同じトキメキが今、僕らが扉をぶち壊して侵入する手助けをしてくれるのです。

電車の走行音に混ぜ込むように、ハリガンツールへ一息に体重をかける。錠前が壊れて数センチほど扉がせり出してくる。続けてツールを靴の底で思いきり蹴《け》ってやれば扉は開いた。

侵入経路確保、完了。第一条件はクリア。

扉を閉めて、下部の隙間から再びスネークカメラを差し込む。

扉の前には相変わらず男が一人。対角にいる二人も配置に変化はない。

手前の男は車の掃除をする手を止めて、腰のベルトに手を回した。

男の指先が拳銃のグリップに触れる。男の顔には緊張がたっぷりと塗りたくられている。

それに比べて、対角の二人は呑気《のんき》なものだ。笑い声が扉の外まで響いている。

「お前ら、静かにしねえか！　黙って仕事に打ち込め！」

手前の男が対角の二人に怒鳴り声を上げる。男がこちらに背を向けたことを確認し、俺は扉を開けて体を滑り込ませた。車の陰に身を隠し、会話が終わるのを待つ。

「そう怯《おび》えるなよ、アーニー。心配しなくとも、悪者は俺たちがやっつけてやるさ。お前がトイレで頭を抱えている間に終わる、なんてことはない」

「黙れ！　お前らはいつもそうだ、そうやって、いつも俺が尻拭《しりぬぐ》いをさせられる……」

アーニーと呼ばれた手前の男のぼやきを無視して、奥の二人は会話に戻った。

身を低くして、俺は背を向けたままのアーニーの後ろに忍び寄る。呼吸を止めて、足音を消す。背後から左腕をアーニーの首に回し、右腕を肩に乗せる。左手で右ひじを摑《つか》み、いっきに締め上げる。後方への頭突きを封じるため、空いた右腕はアーニーの後頭部へ。

絞めた状態で跳び上がり、両足でアーニーの胴体と脚をロックする。

俺とアーニーの体は倒れて、車の陰に隠れた。

「お前の恐怖は正しかったぞ、アーニー。お前が眠ったあと、向こうの二人にもじっくりそれを教え込んでやる。ぐっすりおやすみ、坊や」

アーニーの首は汗で濡《ぬ》れていた。俺の左腕を摑もうとする指が痙攣《けいれん》したように震えている。

七秒ほどの音のない攻防の末に、アーニーは意識を失った。

両手が胴体からだらりと下がり、開いた唇の隙間からは涎《よだれ》が垂れている。

第二条件クリア。奥の二人へ目をやる。異変に気付いた様子はない。

隣の分電盤室に繋《つな》がる窓をゆっくりと開ける。幸いなことに鍵はかかっていなかった。

ここで鍵がかかっていたら、再び電車が通るタイミングで久原《くはら》家直伝・高速窓開け術の極意《ごくい》を使う予定だったのだが、その必要はなさそうだ。

ちなみに、使うものはガムテープと手ごろな鈍器。

時には小手先の技術よりも純粋な腕力の方が良い成果をあげることもあるのだという、久原家の身も蓋《ふた》もない教えがよく表れている極意である。

開けた窓の隙間から分電盤室へ入り、中から鍵を閉める。

アクション映画ならば、このような人質救出の際には身の危険も顧みないヒーローが迫りくる敵に正々堂々と立ち向かうのだろうが、残念ながら俺はそうではない。

避けられる危険は確実に回避していくし、敵に襲い掛かるような隙を与えはしない。

わざわざ怪我をするような可能性は、できるかぎり排除していく方が良いに決まっている。

だって、怪我をしたら痛いじゃないの。

ということで、俺は分電盤の扉を開けて、主要な電源を片っ端から落としていくのだった。

えい。えい。えーい。

ははっ、真っ暗でなんにも見えやしねえ。ということでナイトビジョン、装着。

「なんだ、停電か!?」

「アーニー、そっちはどうなってる！　……アーニー、おい！」

ガレージから騒ぎ声。おうおう、気持ちいいほどに慌てておるわ。

「分電盤室だ！　行くぞ！」

男たちはフリースペースからロッカールームを経由して、この分電盤室へ来るつもりのようだ。ロッカールームへ続く扉を開けて、俺はその陰に身を隠す。

二人の男がロッカールームに入ってくる。手前の男がライト機能をオンにしたスマートフォンを持ち、その後ろからもう一人の男が銃を構えている。

俺はタクティカルベストに取り付けていたフラッシュバンのピンを抜き、ロッカールームへと放り投げた。奥からは銃声。続けざまに放たれた三発の銃弾が配電盤室の壁に穴を空けた。

扉の陰に身を隠したまま、銃撃を気にすることもなく目を閉じ、耳を塞《ふさ》ぐ。

ピンを抜いてから耳を塞ぐまでの一連の動作に思考はいらなかった。

強烈な音と光がロッカールームを埋め尽くす。

ロッカールームにいた二人の男は、もしかしたら何かを叫んだのかもしれない。

しかしその声は、俺の耳にまで届かない。

扉から顔を出すと、二人の男が体を丸めているのが見えた。

グロックを構えながらロッカールームに飛び込んでいく。ナイトビジョン越しに見える緑色のＩＲレーザーが手前の男の背中を捉えた。二回続けて引き金をひく。着弾と同時に、特殊弾から放たれる青白い電流の光がほんの一瞬だけ辺りを照らした。

男の口から呻《うめ》き声《ごえ》が漏れて、俺の鼻には嗅《か》ぎ慣れた火薬の臭《にお》いが届いた。

日本はもうじき花火の季節か……。女子と二人で夏祭りとか行ってみたいなあ……。俺は甚平《じんべい》、彼女は朝顔の描かれた可愛《かわい》い浴衣《ゆかた》を着ているんだ。俺は大して好きでもないアニメのお面を頭につけて、りんご飴を持った彼女が不格好な俺を見て笑う……。いいなあ……。

後ろの男が俺に向けて銃を構える。まだ目が眩《くら》んでいるのだろう。照準は合っていない。しゃがんだ俺の頭の上を銃弾が過ぎていった。

男の懐に入り込み、右腕を捻《ひね》り上げる。拳銃が男の手から落ちた。暴れる男の頭をすぐ横のロッカー扉に叩《たた》きつける。二回、三回、四回。男が左腕を掲げて頭を庇《かば》ったところで、グロックの銃口を腹に向けて引き金をひく。

男が倒れる。横たわる背中を目掛け、もう一発の銃弾を放った。一階の制圧、完了。

近くで倒れている金髪男の首筋に指を当てると、一定のリズムを刻んだ脈拍が指先に伝わってきた。出血している様子もないし、命に別状はないだろう。

「……あぶねえ、死んでたらどうしようかと思った」

二人ともすぐに気を失うものだから、あれ？　もしかして殺っちゃいました？　と本気で心配していたのだが、特に問題はなさそうだ。

白上《しらかみ》が用意した、電流によって相手を倒すという非貫通式の特殊弾。

「性能については半信半疑だったが、非殺傷性で着弾地点が暗闇でも目視できるというのは、わりとよいかもしれないな。よし、帰ったら製造会社の株を買っておこう」

実際、ある程度の武力行使までは正当防衛の拡大解釈でどうにかできるものの、死亡者を出すのはさすがにまずい。というか普通に殺しはいやだ。あまりにも気分が悪い。

一階に敵がいないことを確認してから、ゆっくりと二階へ上がる。

停電と銃声によってすでに俺の侵入はバレている。降りてこないということは、残りの敵は俺を待ち伏せる方針らしい。階段を上りきり、近くにあったラックの陰に身を隠す。

確認できるかぎり、敵は四人。手には銃とライトをつけたスマートフォンを持っている。

「誰か下の様子を見てこい！」

「馬鹿言うな、行きたきゃテメエで行けよ、このマヌケ！」

ラックの近くにいた男に銃口を向ける。ナイトビジョン越しの視界にはＩＲレーザーの細い光線が映っている。引き金をひく。僅かな発火炎の光とともに、男の体が倒れた。

「――っ！　そこだ！　二階まで来やがった！」

怒声ののち、銃声が部屋中に響き渡る。

再びラックを背にして隠れながら、俺は鼻歌まじりにのんびりと残弾数を確認する。

曲目は《メリーさんの羊》。昔から、親父《おやじ》はよくこの歌をうたっていた。

それも可愛《かわい》らしい童謡の方ではなく、スティーヴィ・レイ・ヴォーンの渋いメロディで。

硝煙の中に身を置いていると、俺は自然とこの歌を口ずさんでしまう。

俺の体には京三郎《きょうざぶろう》の教えが染《し》み込んでいて、敵を打ち倒すために複雑な思考は必要ない。

この歌は俺というオルゴールが鳴らすメロディのようなものだ。これを口ずさんでいる時、久原《くはら》京《きょう》四郎《しろう》は一つの綻《ほころ》びもなく動いていると、自分に知らせるための手段にほかならない。

スマートフォンを持った男がラックに近づいてくる。壁を照らすライトの光と男の足音が次第に大きくなっていく。俺は床に体を伏せて、いずれ現れる男の腹の位置へ銃口を向けた。


――メリーさんの飼っていた子羊は、メリーさんがどこへ行くにも一緒だった《Everywhere that Mary went The lamb was sure to go.》。


ラックの陰から男が飛び出す。男の目線は床に寝そべっている俺の位置より高い場所へ向けられていた。男と視線が交わり、彼の銃口の向きが下がる。その動作が終わるよりも、俺が引き金にかけた指に力を込める方が、よほど早かった。

男が倒れ、残る二人の視線がそちらへ向けられているうちに、俺はラックの反対側から飛び出した。近くにあった丸テーブルを倒し、男たちとの間に壁を作る。


――誰に追い立てられようと、子羊はメリーさんから離れない《The teacher turned it out But it still lingered near》。

テーブルの陰から上空へとフラッシュバンを放り投げる。閃光《せんこう》と破裂音。二人の男のうち、右側にいた黒髪の男を撃つ。硝煙の臭《にお》いはもう部屋中を覆いつくしていた。

――どうして子羊はメリーさんがそんなにも大好きなの《Why does the lamb love Mary so》？

残る坊主頭の男へ忍び寄り、近くにあった椅子《いす》で銃を持つ男の手を払う。男の銃が床を転がる。男は痛む手を押さえて蹲《うずくま》る。その背中に銃弾を、一発、二発。

――それはね、メリーさんが子羊のことを大好きだからさ《Why Mary loves the lamb you know》！

アメリカ本国を離れても、落ちこぼれの烙印《らくいん》を享受しても、硝煙は俺から離れない。これは硝煙が俺から離れようとしないのか、それとも俺の方が硝煙から離れることができずにいるのか。その答えを考える気には、とてもなれなかった。

弾倉を交換し、俺は静かに息を吐く。

「随分とゴキゲンな活躍だなあ、坊や、ええ？」

制圧を終えた俺を迎えるその声は、ゆっくりと開いた事務室の扉の奥から聞こえてきた。

＊＊＊

「うちの奴《やつ》らが世話になっちまって……社長として俺は、いったいどう挨拶をしたもんかね」

「気にすることはない。実家の犬の世話をしている方がよほど大変だったと思える程度には、楽なものだったからな」

社長と名乗った男――ウェルナーの右手には拳銃。その銃口は今、左腕で抱えた霧島《きりしま》へと向けられている。その後ろには同じように風香《ふうか》へ銃を向ける小太りの男。さらにもう一人の男を挟んで、最後尾に雪代《ゆきしろ》がいる。

目が合うと雪代は笑顔で手を振ってきた。

ううむ、内心は笑ってないな、あれ。

まだ部屋に忍び込んだ件を怒っているのだろうか。怒ってるんだろうなあ……。

「霧島、風香」

「…………」

「ん、なに、きょうちゃん？」

霧島は怯《おび》えた顔のまま何も言わず、風香は呑気《のんき》な顔で、顔と同じ調子の声を出した。

二人の姿があまりに対照的なものだから、俺にはそれがなんとなくおかしくて、思わず口元が綻《ほころ》んでしまった。

「怪我、してないか？」

「うん、だいじょーぶい」

自分の背中に銃口が向けられていることなんて、まるで気づいていないかのように、風香《ふうか》は爽《さわ》やかに微笑《ほほえ》んでみせた。

……いや、もしかしたらマジで気づいていないのかもしれない。

普通はありえないことだが、こいつならありえる。

なぜなら風香だから。有馬《ありま》風香ちゃんだから。

「……風香、一応聞いておきたいんだけど、状況はわかってるよな？」

「もちろん。きょうちゃんがまた助けにきてくれた。だから、大丈夫」

「……すまん、待たせた」

「うん、待ってた、めっちゃ」

満足げにそう言って、風香は目を閉じた。

ああなってしまったら、もう風香には俺の言葉も、ウェルナーたちの言葉も届きはしない。

名前の通り、彼女はすでに風の一つになってしまった。

「計画変更だ、ミスター矢口《やぐち》、ここは俺たちが引き受けましょう。嬢ちゃんの説得は、河岸《かし》を変えてのんびりやりましょうや。あんたは都合の良さそうな場所へ向かっておいてください」

「いいや、それは違うぞ、ウェルナー。そのガキは私がやる」

矢口と呼ばれた小太りの男は、風香に向けていた銃口の先を俺の顔へと移した。

「……ミスター、これ以上、俺の頭を悩ませないでくれませんかね」

「黙れ、商売の邪魔をこれだけされたんだ。少しは私の手で痛めつけてやらなければ腹の虫が収まらないのだよ。お前は小娘を連れて先に行け、あとからすぐに追いかけよう」

「……何から何まで、上手《うま》いことといかねえもんだなあ。どうしてこうなっちまったんだか」

ウェルナーは矢口を見て、それから俺を見て、小さくため息をついた。

「いいのか？　始末を素人《しろうと》に任せるなんて」

「前金は貰《もら》っちまった。クライアントの意向には逆らえねえよ。じゃあ、待ってるぜ、坊や」

そう言って、銃口を拘束した霧島《きりしま》へ押し当てたまま、ウェルナーは階段を降りていく。

「——霧島」

「…………」

「必ず追いかける。だから、待ってろよ」

微笑んでみせると、それを見た霧島は怯《おび》えた顔に少しの驚きを浮かべた。

ウェルナーと霧島が一階へと降りると、しばらくしてエンジンの始動音とシャッターの開く音が聞こえてきた。二人を乗せた車のアクセル音が遠ざかっていく。

さて、とはいえどうしたものか。敵は残り三人（雪代《ゆきしろ》を含む）。人質は一人で、俺の体も残念なことに一つきり。うーん、割と詰んでる。

「じゃあ、まずは久原《くはら》くんに銃を渡してもらいましょうか！」

取り残された俺たちの間にある静寂に穴を開けたのは、意外なことに雪代だった。

相変わらずの笑みを顔に貼りつけて、元気よく手をあげている。

「待て、どうしてお前が仕切ろうとしているんだ」矢口《やぐち》が雪代に声をかけた。

「それはもちろん、彼から銃を回収するなら私が適任でしょう？」

「私はお前を信用していない。裏をかくつもりかもしれんからな」

「なら、矢口さんがやりますか？　有馬《ありま》さんから手を放して彼に近づくリスクを矢口さんが冒す意味ってあります？　私としても先々を考えたら信頼を稼いでおかないと、ってことで、ここは私が任されましょう！」

やけに楽しそうな雪代。可愛《かわい》いことが非常に腹立たしい。

なんだ、そんなに俺が窮地に陥っているのが愉快なのか。愉快なんだろうなあ……。

やはり部屋に忍び込んだことを根に持っているのだろう。謝ったじゃん。

「ということで久原くん、これはもらっていくね？」

雪代は俺の手からハンドガンを奪い取り、腰のベルトに差した。

続けてタクティカルベストを外して床に放り投げる。ベルトの裏やカーゴパンツの全てのポケット、果てはブーツの隙間に指を入れて調べる徹底ぶりだ。おかげでブーツに隠していた虎の子のスペツナズナイフまで剝奪《はくだつ》されてしまった。

これで俺が身につけているのはシャツとカーゴパンツのみとなった。

——なるほど、客観的に見て、絶妙にピンチだな。

「さあ小僧、手を頭の後ろに組んで、膝をつくんだ」

風香《ふうか》をもう一人の男に預けた矢口が、両手で構えた銃の先を俺に向けながら言った。

俺は言われたとおりに膝をつき、後頭部へ両手を回す。

「覚悟はいいか？　大人の邪魔をすればいったいどんな罰を受けるのか、それをこれから嫌というほど思い知らせてやる。なに、命までは取らんよ。事後処理が面倒だからな」

なるほど、殺さずにいてくれるというのはありがたい話だ。

しかし、どうしたものか。

真正面からの銃撃、しかも素人《しろうと》の発砲ならば、この体勢からでも避《よ》けられる自信はある。

立ち上がりながら矢口へタックルを仕掛け、奴《やつ》の銃を奪い取ることも可能だ。

けれど、あと二人、特に雪代はまだ俺のことを強く警戒している。

雪代は微笑《ほほえ》みながらも、その視線には拭《ぬぐ》いきれない極めて真剣な緊張を宿していた。

ここまでくればチェックメイトだろうに、変なところで生真面目《きまじめ》な奴《やつ》だ。

「——ごめんね、久原《くはら》くん。でも、君は優しいから、きっと許してくれるよね?」

雪代《ゆきしろ》が言う。いつもとなんら変わらない、よくできた笑顔。

——ああ、お前が何を考えていたとしても、許してやるさ。


「あの小娘には、お前が惨《みじ》めに命乞《いのちご》いをしたと伝えておこう」

矢口《やぐち》の歪《ゆが》んだ唇から言葉が漏れる。銃のグリップを握る奴の手に力が籠《こも》る。

俺の目は矢口でもなく、銃口でもなく、引き金にかけられた奴の人差し指だけを見つめていた。呼吸を整え、最後の瞬《まばた》きをする。

「さあ、お仕置きの時間だ」

矢口の人差し指がわずかに曲げられる。まだだ。

トリガーがあそびの分だけ動く。まだ、もう少し……。

力を込めた爪の先が白く変色する。——今!

膝と足首と指先に力を込めて、反らした背を戻し、引き絞った体を射出する。

銃弾は自らの頭部。照準は矢口の腹。

発砲音が二度、部屋一面に響き渡る。気にすることはない。どうせ止まれば蜂の巣だ。

矢口の体が揺れ、俺の頭が奴の腹に突き刺さる。唇から零《こぼ》れた矢口の唾液が肩にかかった。

転がり、もつれ合いながら、俺は伸ばした手で矢口の持つ拳銃を奪い取った。

俺と矢口の体が離れると同時に、三度目の発砲音が響き渡る。

床に横たわったままで、俺は背後にいるウェルナーの部下へ銃口を向けた。

——しかし、引き金に触れた人差し指へ俺が力を込めることはなかった。


「……どうして俺のことを狙わなかったのか、聞いてもいいか？」


矢口と部下の男は意識を失い倒れている。

にもかかわらず、彼らの体からは一滴の血も流れてはいない。

それもそのはずだ。彼らに使われたのは、非殺傷性の特殊弾なのだから。

使用武器はグロック17。——俺から押収したばかりの品。


「やだなぁ、私が久原くんを傷つけるわけないでしょ？　だって私たち、友だちだもんね！」

顔を上げると、頭の横に銃を構えた雪代の笑顔があった。

「……後ろから人を撃つときは、もう少し申し訳なさそうな顔をしておいた方がいいぞ」

「そうなんだ、覚えておくねっ！　それで、私も聞きたいんだけど……」

雪代《ゆきしろ》は微笑《ほほえ》んだまま、瞳に真剣な色を混ぜ込んだ。


「――どうして久原《くはら》くんは、私が君を撃たないって信じることができたのかな？」


少女らしく愛嬌《あいきょう》に満ちた表情の奥には、なんとも面白くなさそうな苛立《いらだ》ちがわずかに隠れている。俺にとっては、なんとも愉快な感情が。

「だってお前、ずっと俺たちの味方だったんだろう？」

俺の言葉を聞いて、とうとう雪代の顔から笑顔が消えた。

可愛《かわい》らしく笑っているのもいいが、やっぱり俺の目には、今の方がよほど魅力的に見える。

「本当に俺を裏切っていたのなら、霧島《きりしま》たちが攫《さら》われたことをわざわざ伝える必要がない。あれは俺に、煽《あお》るポーズを取りながらハイドラ社の動向を伝えようとしていたんだろう？」

「それは君の希望的観測に過ぎないでしょう？　私だって、口が滑ることくらいあるよ」

「じゃあハイドラ社の側についたお前はどうして、重要な取引情報が入ったハードディスクを自分の部屋に置いてきたんだ？」

俺はずっと、雪代がわざわざ自室へ戻った理由が気にかかっていた。

最初は俺にはわからない女子力的な何かかとも思ったけれど、今こうして目の前にいる雪代は、寮にいた時と同じ水色のホッケーシャツを着ている。

女子力の次に候補となっていた理由がハードディスクだったからカマをかけてみたのだが、反応を見るに、どうやら正解だったらしい。

「……意外に女の子をよく見てるんだね、久原くんは」

「見てるだけじゃなくて、ちゃんと話も聞いているぞ？　言ってたよな、ウェルナーは意外と話のできる奴《やつ》だったって。あのハードディスクを、お前は最悪の場合における交渉材料にするつもりだったんだろう？」

最悪の場合、つまりは俺が霧島と風香《ふうか》の救助に失敗した時に、雪代は備えていた。

面従腹背とはよく言ったもので、笑顔の裏で彼女はずっと、闘争の準備を進めていたのだ。

「ウェルナーから電話をかけさせることで、お前は寮を脱出した俺の状況を把握した。そのあともここに残っていたのは、ウェルナーたちを見張っておくため。さっき俺から銃を奪ったのは、自分も武器を手にすることで二対二の環境を作りたかったからだ、違うか？」

「……私が久原くんや霧島さんのために、そんなリスクを冒す意味なんてないよ」

「あるさ、お前は友だち想《おも》いだからな。飯を振る舞って、仲間として認めてくれた霧島を見捨てるなんて、できる奴じゃないんだよ、お前は」

なにせ、友だちとの思い出の写真に触れられただけで、激怒するような女なのだから。

「……なんかつまんなくなっちゃった。これ、返すね」

雪代《ゆきしろ》はそう言って、グロックを床に置いた。

黙ったまま風香《ふうか》の手を縛っていた縄を解いて、代わりに矢口《やぐち》たちを縛り始める。


要するに雪代はずっと、二重スパイとしての役割を果たしていたのだ。

雪代が自ら真意を明らかにしなければ、利益のために裏切りを繰り返した卑怯者《ひきょうもの》の誹《そし》りを受けることになる決断を、彼女は容易にしてみせた。

俺たちのために行動しているとウェルナーに感づかれれば、作戦の成功率が下がってしまうから、最後の瞬間まで敵であり続けた。

彼女本来の目的意識と、たった一飯の友情が、もっとも苛烈《かれつ》で苦しい道を選ばせた。


もっと楽に生きようとすれば、雪代にとってそれほど簡単なこともないだろう。

人のあいだを渡り歩くのが上手《うま》い彼女であれば、波風を立てずともそれなりに恵まれた人生を歩むことだって容易に違いない。

しかし雪代は、目的のために後ろ指をさされることを厭《いと》わなかった。

ならば雪代はきっと、彼女の最大の目的、成り上がるためにさえ手段を選ばない。

自分が傷つくことを恐れず、それが最適解であるのならば、たとえどれほど険しく困難な道であろうとも、彼女は顔色一つ変えずに進んでいくのだろう。

笑顔で俺たちを騙《だま》したように、立ちはだかる断崖絶壁を少しの躊躇《ためら》いもなく越えていく。

それは、親父《おやじ》に与えられた舗装路を、親父に与えられた高級スニーカーを履いて歩きながら成果を上げてきた俺には、とても想像することのできない修羅の道のように思えた。


解放された風香が起き上がる俺の下へ歩いてくる。

見る限り、特に怪我はなさそうだ。

「なあ、風香」

「ん、なに?」

「雪代のこと、お前はどう思う?」

俺が聞くと、風香は振り返って雪代を見つめた。

そして少しの間、何かを考えるように天井を見上げる。

「んー、大きいよね、胸」

「ここでお前が良いこと言うとは思わなかったけど、少しは空気を読む努力をしような」

「よくわかんないや、ぶっちゃけ、知り合ったばっかだし」

そして風香は両手を上げて、大きく背伸びをした。

「だから、これからわかるでしょ。いいとこも、やなとこも、色々」

それは反論の余地もない、至極《しごく》真っ当かつ、なんとも風香《ふうか》らしい言葉だった。

＊＊＊

矢口《やぐち》たちを捕縛したあと、俺は一階のガレージに降りて、霧島《きりしま》を追うためにハイドラ社の車へ乗り込んだ。ガレージのラックにかかっていた鍵を回収し、エンジンをかける。インジケーター上に悪魔の顔が浮かび上がり、マフラーからは虎のような唸《うな》り声が聞こえてくる。

「久原《くはら》くん、これ、使っていいよ」

窓の外から雪代《ゆきしろ》がスマートフォンを投げ入れる。

どうやらサブ機らしいそのスマートフォンのモニターにはマップが表示されていた。

「ウェルナーと霧島さんが乗ってる車の位置情報。私がいないとこで場所を変えられたらいけないと思って、あらかじめ全部の車に発信機をつけてたの」

「おお、それは助かる。……というかお前、やっぱり最初から味方だったことをいよいよ隠さなくなってきたな」

「つーん」

いや、つーんって。可愛《かわい》いけれども。めっちゃ可愛いけれども。

「二人はここで警察と白上《しらかみ》に連絡しておいてくれ。迎えは白上が寄越してくれるだろう。それと白上には、少々無茶をするから学園運営への根回しを頼むと伝えてくれ。俺のことを調べたあいつなら、どこへ連絡すればいいのかわかるはずだ」

「……了解」

話しながらコンソールをいじっていると、どうやらこの車にはタイヤを温めるための機能がついているようだった。随分と贅沢《ぜいたく》な、暴れるのにはもってこいの車だ。

極太のリアタイヤに、アイドリング中のサウンドと振動だけでもパワーが十分に伝わってくる八四〇馬力のV８エンジン。

――ダッジ・チャレンジャー・デーモン。

停止状態から発進して四〇〇メートルを九・六五秒で走破するモンスターマシン。

ドラッグレース用に仕立てられたマッスルカーという謳《うた》い文句のとおり、無茶をしてくれと言わんばかりの最高にイカれた逸品。

ダッシュボード上のスタンドにスマートフォンを設置して、マップを確認する。

対象車両までの距離は七キロほど。ここで足止めを食らうわけにいかないウェルナーは、どうやら警察に捕まることを恐れて随分な安全運転に努めているらしい。

来るときは苦しめられたが、今は公道に蔓延《はびこ》る覆面パトカーがなんともありがたい。

これで俺がマシンの力を最大まで発揮した上で追いつけなければ、久原《くはら》家末代までの恥だ。

「きょうちゃん、行くの？」

ガレージのシャッターを開けたところで、風香《ふうか》が話しかけてきた。

アイドリングの音にかき消されることもなく、風香の声は艶《つや》やかに耳へ届いてくる。

「ああ、霧島《きりしま》を迎えにいかないと」

「私も一緒に行かなくて大丈夫？　一人で、怖くない？」

「お前が隣にいる方が、俺にとってはよっぽど怖いよ」

「そっか、じゃあ——ぶちかませ、男の子」

「おう、ぶちかましてくる」

風香が握った右手を俺に向ける。おれはそこへ自分の拳《こぶし》をゆっくりと合わせた。

「風香、怖い思いをさせて、悪かったな」

「平気。信じてたから、助けてくれるって、絶対」

「……俺はお前の信頼が、時々おっかないよ」

「期待してる。きょうちゃんには、いつでも。だから、かっこいいとこ見せてよ、いつでも」

「はいはーい、いちゃいちゃするの終わり！　久原くんも、そろそろ行かなきゃでしょ？」

横から現れた雪代《ゆきしろ》が俺と風香の手を引き離す。

風香は少しだけ目を大きくして、自分の手と俺の顔を眺めていた。

「……してたかな、いちゃいちゃ」

「見ていて胸焼けがするくらいにはね」

「……そっか。うん、ごめんね、ありがと」

「なんのお礼なんだか……。ほら、有馬《ありま》さんは白上《しらかみ》さんに電話、お願いね?」

「おっけー、まかせろり」

自信ありげな風香を、どことなく不安そうに見つめる雪代。

こういう毒にも薬にもならない人間のことが、案外雪代は苦手なのかもしれない。


ガレージの隅へ移動する二人を尻目に、俺はエンジンを軽く吹かし、右のパドルを薬指で軽く叩《たた》き、気持ちを入れ替える。

デーモンの機能を使って後輪を空転させると、タイヤが温まるのと同時に、磨かれたコンクリートの床から白煙とゴムの焼ける臭《にお》いが濛々《もうもう》と立ち込めた。

後輪の回転数は緊張と興奮にリンクしていく。

ガレージを埋め尽くす、けたたましい排気音。

軽いひと踏みで四〇〇〇回転まで上がるエンジンは、まさしく俺の鼓動と同じだった。

こうして俺はまた、一発の弾丸へと自分を変える。

二足歩行の世界からV8エンジンの世界へと、音速に少しだけ近づいていく。

俺が、久原《くはら》京《きよう》四郎《しろう》に変わっていく。

インジケーターのデーモンが俺に微笑《ほほえ》みかける。


——どうだい、満足は、できそうかい？


「……ああ、堪能させてもらうとするさ」

ラインロックコントロールを外し、ブレーキをかけ直す。

左右のパドルを引き、少しだけ回転数を上げる。

唸《うな》るようなサウンドが俺を急《せ》かしてくる。……もう少しだ、もう少ししたら遊んでやる。

左のパドルを指から離す。あとはフットブレーキを離すだけ。

スタートの合図はない。だから俺は、猛《たけ》る心臓の鼓動をシグナルの代わりにした。

轟音と共にガレージから車が飛び出していく。鉄の塊《かたまり》が速度を上げる。俺の五感がそれを認識し始めたころには、すでに加速は十分すぎるほど完了していた。

ハンドルから伝わってくる振動が、もっと速く、もっと速くと俺を急かす。

そんなことでは追いつけないぞ、追いつけなければ全てが台無しだと、デーモンが囃《はや》し立てるように笑い、ホルン代わりのマフラーを大きく吹き鳴らした。

夜の大通りに他の車はほとんどおらず、時おり前方に現れるトラックやタクシーを、俺は僅かなハンドルの動きで避《よ》けていく。

その度に右へ左へ暴れだそうとするハンドルを握りしめ、進行方向だけを睨《にら》みつける。

赤信号を越えたところで、パトカーが後ろから追いかけてきた。

エンジン音がサイレンにかき消されることのないように、俺はアクセルを強く踏みつける。

止まれ、止まれとパトカーが怒鳴り声を上げているのも気にせずに、走り続ける。

「……そうだ、早く応援を呼べ。お前たちのボンクラな走りでは、到底こいつには追いつけやしない。五台でも十台でも、そこら中の仲間をかき集めろ！」

こいつが辿《たど》り着《つ》く場所では、どうせすぐにお前たちが必要になるのだから。

通りを曲がるたびに横滑りする後輪が、辺り一面にゴムの焼けた臭《にお》いを撒《ま》き散らす。

この臭いを頼りに追ってこい。パレードのように明かりを灯せ。

お前たちの光と音で、逃げ惑うウェルナーに教えてやるのだ。


――この俺が、久原京四郎がやってくる、と。

暴力で勝ち取ったお前の栄光を壊す暴力が、もうすぐそばまで来ているぞ、と。

サイレンの赤い光がデーモンの尻を撫《な》でる。その数は次第に増えていく。

街の誰もが眠りにつこうとする夜の中、デーモンは燃え盛る炎の中で笑っていた。

＊＊＊

「ったく、事務所を出た時には流れてたってのに、事故渋滞とはついてねえ」

ハンドルを指で二回叩《たた》きながら、頭上の赤色を示す信号機を睨《にら》んでウェルナーは言う。

「しかし、それもここまでだ。こっちの道に入れば……それみろ、やっぱり俺は冴《さ》えてるな」

信号が青に変わり、ウェルナーはハンドルを切って右折した。ハンドルを支えているのは左手だけで、右手には拳銃が握られている。ウェルナーは開けた窓枠に右肘を乗せており、車が揺れるたび、銃口もまたゆらりと動いた。

私はただ、ヘッドレストにも届かない頭をシートの背もたれに寝かせたまま、目だけを動かしてそれを眺めていた。

「お友達のことなら安心しろよ。矢口《やぐち》のマヌケじゃあ、あの坊やは仕留めきれん」

ウェルナーが大きな欠伸《あくび》をする。私はなにも答えない。

自分の湿った呼吸の音が、いやらしく耳に纏《まと》わりついてくるのを、ただ聞いている。

「ただしお嬢ちゃん。お前は残念だがもうダメだ。矢口が消えても奴《やつ》の会社は残ってる。この車は奴の会社へ向かっていて、そこで次の担当者にお前を引き渡す。俺とお前の縁はそこで終わりだ、俺たちはもうこの件から降りる。割に合わん仕事だからな」

車が地下道へ入る。等間隔に並んだ照明が、私の唇から下を照らしては通り過ぎていく。

「痛み分けってことにしよう。俺だって、本来手に入るはずだった残りの金を諦める。なんなら違約金だって払わされるかもしれん。メンツも潰れた。ひでえ目に合ったのは俺も同じだ」

明かりに照らされるたび、繋《つな》ぎの作業着にこびりついた絵の具が影のように浮かぶ。

絵の具はどれも乾き、固まっている。

——こんなに固まっていては、絵を描くことができないな。

抵抗の意志を失った、どこかぼうっとした頭で私は考える。

ここ最近、満足のいくものを作れた試しがない。

評論家やそれを気取る連中の評価を得るには十分な出来とも言えるだろうが、あんなものは所詮、絵を描く真似《まね》をしただけのことだ。

何を描くべきかわからないから、描けば喜ばれそうなものを、喜ばれそうな技術と雰囲気を使って、それらしくキャンバスに収めただけ。

実際、スポンサーや教員たちはえらく喜んでいたし、あれはあれでよいのだろう。

しかし、寧々子《ねねこ》だけは少々不服な様子だった。彼女はいつものように言葉を尽くして私の絵を褒めてきたが、あれはそういう生き物だから、まじめに受け取ればこちらが馬鹿を見る。おおかた彼女のことだから、この作品は大して金にならないとでも考えたのだろうが、私は寧々子のそういう妙に敏感なところが、なぜだか嫌いになれないのだ。

個展に入場料を設けたことだけは、まだ少し根に持っているけれど。

そもそも寧々子の誘いを受けて個展の開催に踏み切ったのも、彼女自身がきっかけだった。私の作品が並ぶ倉庫の中で、彼女が一番に褒めた絵。

それは、私が故郷から持ってきたスケッチブックに描いていた落書きだった。

学園に入ってから作ったものではなく、まだ私にとって絵や彫刻というものが、純粋無垢《じゅんすいむく》なただの言葉であったころの作品。

それが私にはどうにも嬉《うれ》しくて、寧々子の手を取ることを決めたのだ。

もちろん、作り続けなければいけない私にはスポンサーと更なる評価が必要だったという思惑も当然あったが、一番のきっかけはそれだった。

彼女という人間を知った今では、どうして寧々子があんな雑なスケッチに目をつけたのかは疑問だが、あの時ばかりは、この学園に来てはじめて、私の言葉が本当の意味で誰かに届いたような心地がした。

「……あと一〇分もすれば到着だ。心の準備はできてるか？」

ウェルナーがこちらへ視線を投げる。

私は顔の向きを変えることもせず、黙って乾いた絵の具を見つめていた。

「俺の言うべきことじゃないがな、そろそろ観念した方がいい。俺たちはプロだ、余計なことはしない。暴力の正しい用法用量ってやつを知っているからな。だが、この先で待ってる奴《やつ》らはそうじゃない。俺に言わせりゃ、素人《しろうと》の方がよっぽどおっかねえ」

私は何も答えない。しかし、心の奥底では、観念という言葉に納得している自分がいた。


久原《くはら》は私を必ず助けると言った。

ウェルナーは彼らを無事だと言ったが、仮に首尾よくいったところで、この車に追いつくことは難しいはずだ。何より、その壁を乗り越えた久原が私を助けてくれたとしても、それで私を取り巻く問題が本質的に解決されるわけではない。

ここから助け出されたところで、すでに朽ち果てた私の感性が蘇《よみがえ》ることはないのだ。

だからきっと、ここらが年貢の納め時というやつなのだろう。

出資を受ければ、もっと色んなものが作れるようになる。

そうすれば、私の作りたいもの、新しい宝箱が見つかるかもしれないと、そう思っていた。

――でも、もうたくさんだ。


酷《ひど》い出来だとわかっているものを作って、こんなに怖い思いをして、あれほど大切だった私の言葉を、自分の手で醜く下劣なものに貶《おとし》めていくことに、私はもう耐えられない。

久原《くはら》がハイドラ社の倉庫に辿《たど》り着《つ》いた時、私の頭には二つの思いがよぎっていた。

一つは助かるのかもしれないという期待。

そしてもう一つは、助かってしまったら、また醜いものを作ることになるのだという絶望。

だから私は、必ず助けると言う彼に対して、言葉を返すことがどうしてもできなかった。

だから、こんなことなら、もうやめてしまうべきだ。

みんなに頭を下げて、個展の中止を訴えて、どうにか許してもらった方がいい。

こうなってしまったら、みんなきっとわかってくれるはずだ。

しばらく休みたいと言って学園を辞めることも、納得してくれるに違いない。

そうして荷物をまとめ、またあの小さな惣菜屋《そうざいや》に帰れば、昔と同じように戻れるかもしれないのだから、そうするべきだ。


「……泣く奴《やつ》があるかよ。これだからガキは苦手なんだ。泣きたいのはこっちだぜ」

私は何も答えない。答えようにも、嗚咽《おえつ》が私から言葉を奪っていく。

――でも、どうしよう。

――あの場所に帰っても、何も作れなかったら、どうしよう。

お山を越えたかなとこ雲が何も運んでくれなかったとしたら、私はいったい、どうすれば。

私は残った数少ない宝箱を開けきって、そのあとは、空っぽの景色を眺めながら、ただ息をして、味のしないご飯を食べて、そのあとは、寝て、起きて、そのあとは、そのあとは。

そんな時間に、まだ一五歳の私は、あと八〇年近くも閉じ込められるのだろうか。

私にはわからない。そんなにも長い時間の使い道がわからない。

お山の景色も、川魚の輝きも、何を見ても何を聞いても作りたいと思うことのできない暗い世界で、どうやって生きていけばいいのか。

――怖い、怖くてしかたがない。

空っぽの宝箱の奥から、焼け野原がじっと私を見つめているようだ。

いっそのこと、ここで暴れて、ウェルナーが私を撃って、それで命を絶ってしまえたら、こんな悩みの全てに潔く別れを告げられるのに。そんな勇気が、私にあるわけもない。

だから、ただ怖いのだ。

なるがままでいるしかない自分の未来が、私はあまりにも恐ろしい。

頬から落ちた涙が服を伝う。それを拭《ぬぐ》うための手は、背中の後ろで縛られている。

「もうちっとで地上へ出る。そしたらゴールはすぐそこだ。腹ぁ決めろよ」

ウェルナーはもう、こちらを見ることもしなかった。銃は相変わらず握ったままだが、腕はやる気を失ったようにだらりと下がっている。

フロントガラスの先に外の光が見える。

地下道の天井に下がる橙色《だいだいいろ》の照明ではなく、青白い電灯が照らす道。

あの青白い光の先に、惨《みじ》めに足掻《あが》き続けて、大切なものを汚してしまった愚かな私の終着点があるのだという。

雨風で汚れ、羽虫《はむし》がたかり、ペンキの剝《は》げた柱には、誰がつけたかもわからない色褪《いろあ》せたステッカーが貼ってある。あの電灯が放つ光の、なんと美しく、なんと厳《おごそ》かなことだろうか。

昔の私であれば、そう思ったことだろう。

きっと光の一粒一粒がきらめいて、触れれば流水のように滑らかで、鼻を寄せればどんな香水にも劣らぬかぐわしい香気を振りまいているに違いない。

そうやって、かつての私は彼女に魅了された蛾《が》の一つとなって、その柔らかな胸に抱かれようとしたのだろうが、今の私には、あれがただの汚れた電灯にしか見えないのだ。


あんなにも、私は絵が大好きだったのに。


車が地上へ出る。青白い、ただの光がボンネットの先端を照らす。

私は顔を上げた。空は残酷なほどに晴れわたって、星の光がよく見えた。

あのかなとこ雲は、今はどこにいるのだろうか。

もしかしたら、夜空の彼方《かなた》に切れ端くらいは見えるかもしれない。


——そして、顔を上げた私の視界、黒い夜空を、それよりもなお黒い車が塗りつぶした。

地下道の出口の真上を走る立体交差点の柵を破り、私たちの車を飛び越えて、獣の咆哮《ほうこう》のようなエンジン音を響かせながら、その車は現れた。

落下した車の後輪が、私たちが乗っている車のボンネットを押し潰す。

車両後部に貼られた悪魔のエンブレムが、泣き濡《ぬ》れる私をあざ笑っていた。

シートベルトに挟まれた私の体が大きく振られた。拉げたボンネットが音を鳴らす。悪魔の車がヘッドライトとフロントバンパーを潰しながら前転する。

エアバッグが作動して、私の視界を埋め尽くそうとした。

私は身を捩りながら顔を出す。目を凝らし、耳をすませる。

悪魔の車は止まることなく、剝《は》がれかけたリアスポイラーの破片を辺りにまき散らしながら転がり続ける。地下道の出口の壁にぶつかり、反対方向へとまた転がっていく。

その度に音が鳴る。破片の散らばる音、窓ガラスが割れる音、外れたタイヤが弾む音。

トランクのドアが外れ、サイドミラーが形を失う。

火花が飛び散りあたりを照らす。小さな破片が宙を舞い、地面に落ちる。


――その光景は、私の瞳に、雷雨のように映っていた。

あんなに心待ちにしていた雷雨が、私の下へやってきた。

何が起きたのか、中に乗っている人は無事なのか。

そんな人間らしい考えは、私の中に少しの居場所も持ってはいなかった。
私の五感、私の思考、私というものを司る一切合切《いっさいがっさい》は全て、目の前で起きた何もかもを吸い込むために使われていた。

辺り一面を混乱が支配している中で、私はただ、それを描きたくて仕方なかった。
この、雨の一粒も降らさないかなとこ雲をけして逃がすまいと、全身が震えている。
産毛《うぶげ》が逆立ち、どんな些細《ささい》な感覚であれ摑《つか》み取ろうと藻掻《もが》いている。

――ああ、そうだ。私はずっと、あなたを待ち焦がれていたのだ。

頰から落ちた涙が、作業着の上で固まった絵の具を濡らす。
水分を取り戻した絵の具が早く描《か》けと急《せ》かしている。
なぜ私の両手は縛られているのだ。これでは、何も描けやしないではないか。
怒りが私の心を燃やす。悪魔の車が回転を止める。
気がつけば、そこら中をパトカーが囲んでいた。

サイレンに振り回される赤い光が、橙《だいだい》と青の光をかき消していく。

私のこれまでと、私のこれからを塗りつぶしていく。

静かになった悪魔の車の、運転席側のドアが外れた。
そこから腕が生え、頭が出て、体が地を這《は》う。人が現れたのだ。
その人は地下道の壁に手を着きながら、よろよろと立ち上がった。
左手で頭を押さえて、だらりと下がった右手には銃を握っている。
天を仰ぎ、ふらつく両足を、それでもしゃんと伸ばそうとしている。
私はその姿を見て、なんと美しい佇《たたず》まいだろうかと、そう思った。

「――待たせたな、霧島《きりしま》」

その人は、エアバッグで顔が半分隠れた私を見て笑った。
その笑みには、自信と傲慢さと尊大さがたっぷりと塗られている。

「俺が、久原《くはら》京《きょう》四郎《しろう》が、お前を助けにきたぞ」

……そこら中が燃えているようだ。

サイレンに照らされた真夏の夜の街も、そして全身の至る所を打ちつけた俺の体も、まるで炎に包まれているのではないかと思うほどだった。

天と地の違いもわからなくなるくらいにかき混ぜられた車内において、俺が意識を手放さずにいられたのは、ひとえにデーモンのエアバッグの優秀さ故だろう。

「……見てるか、クソ親父《おやじ》。俺はあんたの言うとおり、文字通りの弾丸になってやったぞ」

ピントの合わない視界のままで安全を確保し、重たくて仕方のないベストを外し、そんな諸々《もろもろ》の所用を済ませたころには、正常な感覚を取り戻した全身が酷い痛みを訴えていた。

しかし脚は動く。手も動く。頭もぼんやりだが回っている。

ならば、問題はひとつもない。オールグリーンだ。

「――やってくれたぜ、クソガキ。その車がいくらしたか知ってるのか？」

ボンネットがいびつに歪《ゆが》んだフェアレディのドアを開けて、ウェルナーが降りてくる。その隣には、相変わらず両手を縛られた霧島がいる。

＊＊＊

……なんだ、あいつ、泣いていたのか。

まったく、目が真っ赤じゃないか。

「いい車だったよ、チャレンジャー・デーモン。十分楽しんだから返しに来たんだ」

そう言いながら、俺は顔を上げた。

パトカーから降りた警官たちが、立体交差点の上から俺たちを見下ろしている。

そこを動くなだの、危ないので車両から離れろだの、どちらに従えばいいのかもわからない指示を大声で喚《わめ》いている彼らは、しかし、こちらへ近づこうとはしなかった。

消防車が到着するまではオイル漏れを起こしているデーモンに近づきたくないのか、それともすでに白上《しらかみ》が連絡をしたであろう学園運営から指示がきているのか。

どちらにせよ、こんな時ばかりは、彼らの対応もありがたい。

彼女は、霧島《きりしま》は、俺が助けると約束したのだ。

警官たちには悪いけれど、その役目を譲ってやるつもりは毛頭ない。

「お前のせいで俺たちは終わりだよ、坊主。こうなっちまえば全部ご破算、願いましてはって奴《やつ》だ。……聞いたぜ、ご同業なんだってな。俺と同じ暴力稼業の人間なんだろう?」

同じように警官を見上げながらウェルナーが言う。

「ああ、民間軍事会社ホワイト・ファルコン、レイザーバック班所属、久《く》原《はら》京《きょう》四郎《しろう》だ」

「その歳《とし》でPMCとは、若《わけ》えのに難儀なもんだ。しかし尻拭き屋のルーキーにしちゃあ、随分と実戦経験が豊富みたいじゃねえか」

「親父《おやじ》がシールズ出身でね、尻の拭《ふ》き方以外にも色々と叩《たた》きこまれた。あんたは？」

「俺ぁこう見えても元グリーンベレーだ。規律を守るのが苦手で、隊の中じゃあ一番の落ちこぼれだったがね、人をぶん殴ることにかけちゃあ、いつでも一等賞だったぜ」

どうりで、警官に囲まれているというのに肝が据わっているわけだ。

ウェルナーは霧島を自分の前に立たせ、腰のベルトから抜き取った銃をその首筋に当てた。

「やめておけ、ウェルナー。この状況でさらに余罪を増やす気か？」

「へっ、こいつはな、俺の意地さ。可愛《かわい》い部下を全員おしゃかにされて、会社も台無し。せめてお前をやっつけてやらなきゃあ、社長として俺はあの馬鹿どもに顔向けができねえ」

「無駄だ、小柄な霧島ではお前の体は隠せない。俺がお前の右肩を撃って終わりだよ」

「俺がトリガーを引く方が早いね。お前もプロならわかるだろ？」

二回、ウェルナーは霧島の肩を叩いた。

しかし霧島はそんなことにも気づいていない様子で、じっと俺を見つめていた。

霧島に向けて、俺は可能な限りの余裕を込めた微笑《ほほえ》みを向けた。

ほんの少しだけ霧島のまつ毛が揺れて、それから彼女は口を開き、小さく息を吸い込んだ。

俺たちは互いに声を出さなかったが、それはなにやら、言葉のようにみえた。

なるほど、もしかしたらこれが彼女の住んでいる世界なのかもしれない。

だとすれば、なんと心地よい世界だろうか。

きっと霧島《きりしま》から見れば俺たちは酷く不完全で、五感も感性も、まるで錆《さ》びついているに違いない。呼吸をひとつして、体を大気に晒《さら》すだけで、本当はもっと多くのことを、俺たちは感じることができるのだろう。彼女が今も、そうしているように。

言葉なんてものを使わなくても、本当はもっと便利なものがあるのだと、霧島はそう教えている。あんなにも小さな体で、絵や彫刻を使って、彼女は懸命に伝えているのだ。

ならば、俺のやるべきことは一つしかない。


――いいかい、京四郎《きようしろう》。お前は弾丸だ。

選ばれた者が持つ銀の弾丸ではなく、戦場に転がる九ミリ弾こそお前なんだ。

矜持《きようじ》もなく、意志もなく、ただ敵を討つための弾丸になりなさい。

我が憎き父、久原京三郎《くはらきようざぶろう》の教え。

数多くあるその中で、俺があの男を父と認める、唯一の教え。

──そうだ、お前は選ばれた強者が放つ銀の弾丸などではない。

どこにでもいる弱き者、儚《はかな》き者が戦うための鉛弾。

虐《しいた》げられた者の敵を討つ、誰より強き弾丸に、お前はなりなさい。


その言葉だけは信じてもいいと思えたから、俺は久原京四郎として生きることを決めた。

だから今、俺はここに立っている。

この学園、この街の腐敗や暴力に虐げられた誰かの弾丸として、俺は立っている。


肩の高さまで右手を上げて、腕をまっすぐに伸ばす。

その先には、炎に赤く照らされたグロックが握られている。

「なあ、ウェルナー。お前は何のためにこの街に来たんだ？」

「なんだぁ？　藪《やぶ》から棒に。……決まってらあ、仕事だよ。人をぶん殴ったら小遣いをくれる奴《やつ》らがたくさんいるって聞いたから、ここへ来たんだ。お前もそうだろうが？　なんたって、お前も俺と同じろくでなしの暴力屋だ」

「ああ、そのとおりだ。こんなところ、仕事でなければ来るもんか……そう、言いたいところなんだけどな、本当のところは違うんだ」

銃を握りしめたまま、俺は霧島に視線を向けた。

「俺はこの街に、友だちを作りにきたんだ。学生が学校に通う理由なんて、そんなもんだろ」

俺を見つめたまま、霧島《きりしま》は身じろぎ一つしなかった。

それでも俺には、彼女が頷《うなず》いてくれたように見えた。

抱え込んだ霧島の肩をいっそう強く摑《つか》み、ウェルナーは銃を彼女に押しつけた。

奴《やつ》は悪党だ。人質を取ることに、卑怯《ひきょう》な行いにひとつの躊躇《ちゅうちょ》も見せやしない。

使えるならば、奴はスナイパーでも毒ガスでも喜んで使うだろう。俺と同じように。

「そうだ、ウェルナー。車に加えてもう一つ、お前に返そうと思っていたものがある」

俺の言葉にウェルナーは眉を顰《ひそ》めた。

そうさ、俺もお前と同じだ。意志も矜持《きょうじ》もなく、勝つためなら手段を選ばない。

だけど今回ばかりは、勝ち方にほんの少しのこだわりくらいは、持たせてもらおう。

「確かにお前の車は値千金《あたいせんきん》、それを壊したことは申し訳ないと思っているさ」

銃口の先をウェルナーの右肩へ向ける。

ブレそうになる照準を、右手に左手を添えることで固定する。

「でもな、お前が壊そうとした霧島の作品は、あんな鉄くずよりもよっぽど価値のあるものなんだよ、ウェルナー」

ウェルナーの銃口が俺に向けられる。冷静な思考を奴は手放していない。俺が人質による脅しに屈しないことを理解した。その上で、俺と正面から戦おうとしている。

頭の中で数字をかぞえながら、ゆっくりと心を落ち着かせる。

動揺は心を乱し、冷静さを失った体は制御を失う。弱さに繋《つな》がる。

俺の弱さは霧島の命を傷つける。だから、俺は冷静なままでいた。

「最後に二つ、いいことを教えてやろう。あれはな、誰にも見つからないことが絶対条件なんだ。見つかってしまえばどうということはない。そしてもう一つ、これが肝なんだが——」


数をかぞえながら、小さく呼吸をひとつして、唇を閉じ、息を止める。

「——時限爆弾ってのはな、バラすのも簡単だが、組み直すのも簡単なんだ、これが」


サン、ニ、イチ——ゼロ。

耳を裂く爆裂音。俺の後方でデーモンが爆《は》ぜる。ひしゃげたマフラーが空高く舞い、それを追うようにして火柱が立つ。少し遅れて、熱風が俺の体を後ろから押してきた。

霧島の倉庫から回収して、俺がデーモンを脱出する前にタンクへと仕掛けておいた時限爆弾は、今度こそ予定通りの効能を発揮して、車の残骸を、ただの鉄くずに変えていく。

立ち昇る炎がウェルナーと霧島《きりしま》を照らす。

二人は驚愕《きょうがく》に顔を染めて、その視線は俺の後方へと向けられている。


——どうだ、霧島。

この炎は、お前の涙を乾かす役に立てるだろうか。


そんな言葉を込めて、霧島を見つめながら、俺は引き金をひく。

拳銃に取り付けたサイトはウェルナーの右肩に正しく照準を合わせていた。

スライドが下がり、薬莢《やっきょう》が飛びだす。銃口からは、後方の火柱に比べればとてもささやかな発火炎。硝煙の臭《にお》いは、焼けたオイルに混ざってわからない。

特殊弾が射出される。九ミリ弾が飛んでいく。

グリップ越しに衝撃が手のひらを伝い、肘から肩へと走っていく。

衝撃の重さから、銃弾に込められていた火薬の量を俺は理解する。


——ああ、これはさぞかし痛いだろうな、覚悟しておけよ、ウェルナー。

たった一発だけ放たれた銃弾は、ウェルナーの右肩を正確に撃ち抜いた。

電流の青白い光が瞬《またた》き、膝から力が抜けて、霧島を摑《つか》んでいた奴《やつ》の左手が右肩を押さえる。

体ごと倒れたウェルナーの右手はすでに拳銃を手放していた。


解放された霧島は地面に両膝をついて俺を見上げていた。

俺は彼女を拘束している縄をナイフで切り、手を差し伸べる。

霧島の黒い瞳の中には空へと立ち昇る炎が鮮明に映って、星のように輝いていた。

「……大丈夫か？」

「――あなたにこんなことを言っても、きっと意味がわからないでしょう。でも……」

霧島は俺をまっすぐに見つめたままで手を取った。


「あなたは私に、二度も雷雨を届けてくれた。――本当に、ありがとう」


彼女の言葉の意味が、俺にはよくわからなかった。

だから、俺はそれを聞いて、こう思ったのだ。


――ああ、言葉とはなんと不便なものなのだろうか、と。

007

SCHOOL=PARABELLUM

「それじゃあ、これで手続きは終わりだから。もう帰っていいよ」

「いやはや、お世話になりました。看守さんにはいつもチェスの相手をしていただいて」

「看守じゃなくて、刑務委員ね。僕もここの配属になってしばらく経つけど、あんなノリノリで停学処分を受ける生徒は初めてだよ」

停学房の受付で預けていた手荷物を回収した俺は、あらためて深く頭を下げた。

——結論から申し上げますと、事件のあと、俺は普通に捕まりました。はい。


びっくりした？　俺はびっくりした。気がついたら手錠をかけられていたんだもの。

抵抗してもみたんだけど、昨今のお巡りさんって力が強いのね。全身打撲の俺ではびくともしなかったよ。日本の治安も納得だわ。

警官に罵声を浴びせながらパトカーに詰め込まれていく俺の後ろ姿を見つめる霧島《きりしま》の表情と

いったら、なんともいえない味わいがあったね。

そして取調室で詰問を受け（日本語がわからない外国人のふりをしてみたところ、奴《やつ》らは流暢《りゅうちょう》な英語で対応してきやがった）、俺の身元と事情を説明したところで、学園運営から送られてきた本件の担当者が到着した。

その男は「これだけのことを事前の連絡もなしにしでかされては、こちらとしてもお咎《とが》めなしとはいかない。そもそも君はこれまでも報告を上げていなかったし、建前上なんらかの罰則を受けてもらう必要がある」と言ってきたのだ。

ふざけるな、弁護士を呼べ、こちとら裁判の国の出身だ、最高裁まで戦ってやる、という俺の極めて穏便な態度を前に、男は渋々といった様子で二つの選択肢を提示した。

一つは俺の処分を学園で引き取り。およそ一か月半の停学とすること。

もう一つは、このまま警察に俺の身柄を預けて普通に刑事事件として処理すること。

俺たちは微笑《ほほえ》みながら固く手を繋《つな》ぎ合った。

まったく冗談じゃない。刑事事件になろうものなら、向こう数年は確実にブタ箱行きだ。留年や退学どころの騒ぎではなくなってしまう。

それにしてもすごいね、五才星学園《ごさいせいがくえん》。停学房なんていう、《学園および市の治安を著しく乱す最重要問題生徒を収容すること》を目的として建てられた専用の施設があるんだもの。

そして、その停学房なる施設での停学期間を終えた本日、晴れて俺はシャバに出てきたというわけだ。


外へ出た俺は早速バスで学園へ行くことにした。

霧島《きりしま》の個展がちょうど一週間ほど前に始まったので、特にやるべき予定も他にはないし、せっかくだから顔を出してみようと思ったのだ。

ちなみに停学房の中にも一応の情報源はあり、俺は仲良くなった看守、もとい刑務委員から個展の日程と、霧島にまつわる事件の顚末《てんまつ》についてはある程度の話を聞いていた。

ハイドラ社は無事にお縄を頂戴《ちょうだい》し、矢口《やぐち》の企業も社会的信用が失墜した結果、事業継続が困難となり倒産に追い込まれたという。一方で、ウェルナーたちに妨害を依頼した経歴のある他のクライアントに関しては、担当者らの懲戒処分に収まっているのがほとんどらしい。

若干腑《ふ》に落ちない部分もあるが、このようなことは気を揉《も》んだところで何も変わらないのだから、ならば気持ちを切り替えて、明るい話題に目を向ける方が建設的というものだろう。

明るい話題、霧島の個展はなかなかに盛況らしく、俺はそこへ共に向かう同行者を誘うことに成功したのである。

バス停に降りて数分ほど歩いたところにある喫茶店、そのテラス席に彼女はいた。

本人はただぼうっとアイスティーを飲んでいるだけにもかかわらず、その姿は妙にさまになっていて、景色の中でその一角だけが別の映画の切り抜きをはめこんだような、夏の蒸し暑さをかき消す清涼感を漂わせていた。

「——あ、来た、きょうちゃん」

風香《ふうか》は歩く俺に顔を向けて、それから手に持った黄色いハンカチをひらひらと振ってきた。

「待たせて悪かったな、暑かっただろ」俺は風香の向かいの席に腰かける。

「大丈夫、飲んでたから、これ」

風香がアイスティーを持ち上げると、中に入っていた氷がまわりながら揺れた。

「お勤め、ごくろーさまでした。……寂しかった？」

「どうだろうな、いつも見張られていて、そういうのとは無縁だった」

「そうじゃなくて、さ」

小さな風が吹いて、風香は少しだけ乱れた髪を耳にかけ直した。

「寂しかった？　会えなくて、私と」

「……ちょっとだけ、退屈だったかな」

「そっか、じゃあ、許してあげる」

いったい風香が何を許すつもりなのか、俺はそれを聞かなかった。

何も聞かずとも彼女が十分に満足そうだったから、ならばそれでよいと、俺は思った。

「俺がいない間、そっちはどうだった？」

「何が？」

「最近、どこか行かなかったのか？」

「え、コンビニとか」

「この流れで天然かますか、普通……？」

さすが風香《ふうか》ちゃん、ブレない子。

「そうじゃなくて、どこかへ遊びに行ったりはしなかったのか？」

「あー、えっとね、きょうちゃんが出所するまでは……」

風香は空を仰ぐようにして、少しのあいだ口を閉じた。

……そんなに考えるようなことか？

「……キャンプ行って、海行って、花火みて、お祭り行って、タコパして、プラネタリウム行って、バーベキューして、サバゲーして、水族館行って、映画みて、動物園行って、温泉行って、お芝居みて、登山して、パラグライダーして、遊園地行って、釣りして、お寺まわった」

めちゃくちゃ充実していた。そりゃあ思い出すのに時間かかるわ。

なにげに陸海空のアクティビティを完全制覇してんじゃねえか。

なんなら俺が捕まっていた間、ほとんど遊んでたんじゃないのか、こいつ。

「……まあ、楽しそうで何よりだ」

「うん、だから、次は一緒に、ね」

そう言って、風香はストローを口に咥《くわ》えた。

その中を、ゆっくりとアイスティーがのぼっていく。

「悪かったな、風香」

「うん、許す。……何を許したの、私？」

「人の話、最後までちゃんと聞こうな」

「まかせろー、ばっちこーい」

相変わらずの彼女に呆《あき》れた笑いを向けながら、俺は話を続ける。

「また危ない目に遭《あ》わせて、本当にすまなかった」

風香は今回の件で唯一、本当の意味で事件に巻き込まれただけの部外者だった。

白上《しらかみ》の事務所を出る時、風香だけは先に帰しておけばよかった。その後悔は停学中、何度も俺の頭をよぎった。最善の選択肢を見過ごした自分が腹立たしくて仕方なかった。

何かあっても守れるだろうという久原《くはら》京《きよう》四郎《しろう》の慢心が、無関係な風香を危険に晒《さら》したのだ。

久原京四郎は本来、自身の選択したことについて悔やんだりはしない。

その経験は迷いになり、咄嗟《とっさ》の判断を鈍らせる。俺という存在の強度を落とすことになる。

しかし今回ばかりは、自分の愚かさを悔やまずにはいられなかった。

それに俺は以前、この学園に入って起きた初めての事件でも、彼女を危ない目に合わせているのだ。風香《ふうか》からしてみれば、たまったものではないだろう。

「今回はなんとかなったが、それだって、風向きが違えばわからなかった。お前に取り返しのつかない傷を負わせていたかもしれない」

「じゃあさ、きょうちゃんが吹かせてよ、風」

頭を下げる俺を見て、風香が笑う。軽やかに。清らかに。


「——きょうちゃんが吹き飛ばしてよ。私のとこに走ってきて、悪い風、追い払ってよ。——いつでも、どこでも」


それは、俺の小さな罪悪感など、全て包んでしまうような優しい微笑《ほほえ》みだった。

そんな笑顔を向けられては、俺にはもう、頷《うなず》くほかない。

「……ああ、何度だって助けてやるさ。友だちだからな」

「うん、友だち」

俺はつくづく、はじめての友人が彼女でよかったと思う。

彼女は俺にとってひとつの憧《あこが》れのようなものなのだ。

有馬《ありま》風香。ただそこにいるだけで、もっとも美しく完成された少女。

彼女はそのしなやかな体の内側に、有馬風香という成分だけを含ませて生きている。

きっと老いさらばえて、瞼《まぶた》が厚くなり、肌がシミに覆われても、彼女は誰より美しい。

「あ、そういえば、これ」

風香はトートバッグから一通の便箋《びんせん》を取り出した。

「渡してって言われた、宮ちゃんに」

「みやちゃん……？　ああ、もしかして雪代《ゆきしろ》か？」

「先週タコパして、その時に預かった」

「仲良くなりすぎじゃないか……？」

というか君ら、人が全身打撲でブタ箱入りしてる時に楽しくタコパしてたの……？

「それで、手紙、開けてみてよ。何が書いてあるの？」

「たとえ何が書いてあっても、今の俺じゃあ絶対頭に入ってこないと思うぞ……？」

風香に急《せ》かされて、俺は上《うわ》の空《そら》のまま手紙の封を切る。

二つ折りになった、ピンク色の可愛《かわい》らしい便箋。

それを開き、たった一行だけ書かれたメッセージに目を通す。

おそらくはシャープペンシルで書かれた、やや丸みのある細い文字。

《君から受けた辱《はずかし》めを、私は一生忘れはしない》

すんなり頭に入ってきたなー。

雪代《ゆきしろ》さん、めちゃくちゃ根に持っていらっしゃるではないですか。

なんなら、この一か月半で怒りが加速している気配すら感じる。

「うわ、めっちゃ怒ってるじゃん」

「……そうか？　俺には『今度カラオケいこうよ』くらいのラフな文面に見えるけどな」

「辱めって、きょうちゃん、なにしたの？」

「何かの勘違いだろう、全くの事実無根だな。名誉毀損《めいよきそん》もいいところだ。風香《ふうか》には俺が、一人暮らしの女子の部屋に侵入して室内を無遠慮に物色するような酷い人間に見えるか？」

「ちゃんと謝らないとダメだよ？」

「……はい」

謝罪に行く時は制服の下に防刃素材の肌着を仕込んでおこう。

「それじゃあ、行こ、そろそろ」

風香が立ち上がる。

彼女の羽織るカーディガンが揺れて、シトラスの香気がふわりと広がった。

俺は自分のリュックを背負い、風香のトートバッグを持ってやる。

隣を歩く俺の空いた右手を、風香はじっと見つめる。

「どうせなら、手、繋《つな》いでく?」

「霧島《きりしま》に勘違いされたら恥ずかしいから却下だ」

「やっぱダメかー」

そうして俺たちは会場までの道を、手を繋ぐこともなく、つかず離れず、歩いていった。

＊＊＊

霧島の個展はカルチュア所有のイベントホールを貸し切って行われるという豪勢なもので、噂《うわさ》に聞いていたとおりの賑《にぎ》わいを見せていた。

「いやはや、久原《くはら》さんともあろうお方が立ちぼうけとは、貴重な光景でしたな」

隣を歩く白上《しらかみ》が笑う。個展の入場には事前販売式のチケットが必要で、当日券も売られてはいたものの、本日分はすでに完売していた。

すでに何度も来ているはずの風香はそれをすっかり忘れており、まさかこんなところで引き返すわけにもいかず、どうしようかと立ち尽くしていたところを白上に見つかってしまった。

そして招待チケットの余りをもらい、どうにかこうにか入ることができたというわけだ。

会場内は落ち着いたピアノの音色と最小限に抑えられた暖色の照明で包まれており、来場客は皆、老いも若きも声を潜めて話している。

それはまるで、大声を出すことによって作品が伝えてくる言葉をけして聞き逃さないようにするため、ここにいる全員で示し合わせたような静けさだった。

「紗衣《さえ》さんは毎日来ておられますよ。関係者や取材陣がひっきりなしに来るものだから、来場者の顔がろくに見られないとぼやいておりましたがね」

「贅沢《ぜいたく》な奴《やつ》だ。閑古鳥《かんこどり》が鳴くよりはよほどいいだろうに」

「全くです。物販の収益も順調に伸びておりますし、紗衣さんも客の顔などというつまらぬものより、レジを膨らませている札束へ目を向ければよろしいのに」

「そう言うお前は嬉《うれ》しくてたまらないのだろうな」

「それはもう、紗衣さんの手前これでも我慢しておりますが、内心では笑いが止まりません」

ジャケットの内ポケットから取り出した扇子で、白上《しらかみ》は気分よさげに顔をあおいだ。

当然ながら持っているのは左手だ。左団扇《ひだりうちわ》ならぬ左扇子。実にしょうもない。

その小芝居をひとしきり楽しんだあと、白上は隣で扇子の模様を興味深そうに眺めている風《ふう》香《か》へそれを渡した。渡された風香は、広げた扇子を照明にかざして模様を観察し始める。

「それにしても、久原《くはら》さんの出所が個展の開催中に決まってよかった。あなたにはぜひ、この光景を見ていただきたいと思っておりましたので」

「ああ、間に合ってよかったよ。倉庫の中で布越しに見るだけではあまりにもったいない」

どうでもいいんだけど、風香も白上も、俺の停学終了を出所って言うのやめない？

なんか本当に悪いことをした気分になってくるから。

俺が内心で顔を顰《しか》めていると、扇子で遊び終えた風香が白上の袖を引いた。

「ねねちゃん、私、あれ見たい。キリンのやつ、どこだっけ？」

「あちらです、ご案内しましょう。――久原さんは、紗衣さんにご挨拶なされるとよろしい。

二人きりでの積もる話もあるでしょうからね」

白上の視線の先、会場の奥に人だかりが見える。それぞれ腕に腕章をつけているところをみるに、どうやら取材に来た関係者のようだ。おそらく霧島《きりしま》はあの中に埋もれているのだろう。

白上の提案を受けた俺は二人と別れ、並ぶ作品を眺めながら取材陣の方へ歩いていった。

せっかくだからと順路に沿って、ややゆっくりとした足取りで。

作品のそばにはアルミの削り出しでできた小さなプレートがあり、作品の名前と制作年月が刻まれていた。

作品の名前はどれもシンプルなものばかりで、例えば林檎《りんご》の木を書いた絵には《林檎》というように、ちっとも遊びがなく、それがかえって彼女らしいと俺は思った。

歩いている中で、風香を描いた絵も見つけることができた。

写実的なタッチで描かれる風香《ふうか》の背景には、緩やかな波線の川や、抽象的な小動物がいる。

——たしか、描くべきものはキャンバスと頭の中で完成させるのだったか。

額縁の中で風香を囲んでいる彼らの様子からは、筆遣いや色合いを通して、どれもその柔らかな手触りが伝わってくるようだった。

じっくりと眺めたい気持ちはあるものの、まずは霧島《きりしま》に挨拶をするのが先だろう、そう思った俺は立ち止まることなく歩いていき、取材陣が作る垣根の前までやってきた。

彼らがカメラやボイスレコーダーを向ける先に、霧島はいた。

俺の記憶の中にある絵の具で汚れた作業着ではなく、どこか着られているような制服を身に纏《まと》って、霧島はまじめな顔をしながら取材陣に対応している。

彼女の堂々とした立ち姿があまりにも記憶と食い違っているものだから、俺は思わず顔をほころばせそうになり、右手で口元を隠した。

それを気取《けど》られたのか、霧島は俺の方に視線を向け、少しだけバツが悪そうな顔をした。

そして霧島は取材陣の質問に答えながら、右に視線を投げ、俺の方を見て、それからもう一度右を見て、二回瞬《まばた》きをした。

あちらへ行け。俺の耳には彼女のそんな言葉が聞こえた気がした。

霧島の指示通り、俺は彼女が視線を投げた先へと歩いていく。

順路から離れたそのスペースは、他の場所に比べると幾分人影が少なかった。

細い通路の奥には、一灯の照明に照らされた絵画が一枚だけ飾られている。

煌々《こうこう》と燃える炎を表現した赤と黄色の背景。その真ん中に歪《いびつ》な形の黒い棒が描かれている。

棒は枝分かれしており、形を見るに、どうやらそれは人物を表しているようだった。

アルミのプレートによれば、描かれたのは先月のこと。

プレートに刻まれたタイトルを、心の中で読み上げる。


――《二度目の雷雨》。


さて、と俺は腕を組む。

霧島はまだ取材陣の相手にしばらくかかりそうだし、ここは人通りも少ないから立っていても誰かの迷惑になるようなことはない。風香の相手は白上《しらかみ》がしてくれるはずだ。

だからしばらく、ここでじっくり考えるとしよう。


――さあ、この絵にはいったい、彼女のどんな言葉が、込められているのだろうか。

あとがき

以前、互いに言葉の通じない海外の方と知り合い、互いに何を言っているのかわからないまま不思議と意気投合して朝まで飲み明かしたことがあります。

その時に僕らを繋《つな》いでくれたのは音楽とアルコールでした。僕らは互いの名前もわからないまま別れましたが、あの瞬間の僕らはきっと友人と呼んで差し支えなかったことと思います。

言葉がコミュニケーションの根幹であることはそれこそ言うまでもないことですが、言語に寄らない共通言語というのもまた、なかなかに侮れないものです。

むしろ、言葉が通じるからこそコミュニケーションに支障をきたす場面も往々にしてあることを考えると、どちらがより優れた手段なのか一考の余地さえありそうです。

『スクール＝パラベラム』は、そんな如何にも不自由な言葉というものをおよそ三〇〇ページにも亘って書き連ねた小説です。

いくら不自由とはいえ、言葉を尽くすからこそ伝わるものもあると信じて書いたあれやこれやが読者の皆さんに伝わっていれば幸いです。

ここからは謝辞に移ります。

担当編集の清瀬さん、どんな指摘も細かく言語化してくれないとわかりませんと言い張る頑固者に最後まで粘り強くお付き合いいただきました。

イラストレーターの黒井ススムさん、言葉だけでは伝わらない本作の魅力を、素晴らしいイラストに寄って引き出してくださいました。

刊行に際してご尽力いただいた全ての方々、いつもながらの素晴らしい仕事ぶりに言葉もありません。

そして何より、本作をご覧の読者の皆さんに、心から厚く御礼申し上げます。

もし本作が皆さんの日常に少しでも彩を添えられたのなら、作者としてこれ以上の喜びはなく、言うべきことは何もありません。


最後に改めて感謝の言葉を述べて、この拙い言葉遊びとあとがきの締めといたします。

この度は『スクール＝パラベラム』を手に取っていただき、誠にありがとうございました。


それではまた、ご縁がありましたら。

008

SCHOOL=PARABELLUM

「こちらが、我々の集めた《ストレングス学部寮襲撃事件》の資料となります」

そう言いながら、寧々子《ねねこ》はタブレットをアッシュのローテーブルに置いた。

紗衣《さえ》の個展の終了から一週間が経ち、ようやく事後の作業も一段落がついたにもかかわらず、寧々子の胸の内には安らぎとは程遠い緊張感があった。

室内の照明は暗く、薄明かりで照らされた驕奢《きょうしゃ》な食器棚の中には、銀食器や純金で縁取《ふちど》られたティーセットが並んでいる。

あれらが食事を取るためのものではなく、眺め、観察するものであることを寧々子は知っている。食器だけではない。この部屋にあるもので、使うために置かれているのはソファとテーブルくらいだ。これだって、誰も座る必要がなければあの食器と同様に扱われる。

なにせここは学問の塔・アカデミアの最奥《さいおう》。学部長執務室。

ここにある全てのものは、研究し、学び、習得するためにこそ用意されている。

「……おいおい、白上《しらかみ》ちゃん。あんたはアタシに、これを信じろっていうのかい？」

向かいのソファに座る女が口を開く。

言葉と同時に、女の唇の隙間から白い煙が漏れた。寧々子が持っているものと同じ、リキッドシガーが生み出した水蒸気。しかしその香りは寧々子のものが吐き出すそれとは違い、甘く纏《まと》わりつくような匂《にお》いがした。

「ああいや、別にあんたらトレーダーの仕事を疑ってるわけじゃない。それにアタシらは友だちだ。ダチを騙《だま》すような真似《まね》をあんたはしないとアタシは信じてる、そうだろう？」

「ええ、我々トレーダーはこれまで、あなたと友好な関係を築くため尽力してまいりました。これからもそうありたいと、我々は常に願っています」

寧々子の言葉を聞いて、女は笑う。その声はどこか軋《きし》むような音がした。

何度も染色されて痛みきったピンクの頭髪。極彩色《ごくさいしき》の派手な柄のシャツ。穿《は》き古して色褪《いろあ》せたジーンズは、膝と腿の部分が破れて色白の肌が露出している。

このどこから見ても学者らしからぬ風体《ふうてい》をした人物こそが、アカデミアにおける最も危険な人物であることは、寧々子だけでなくトレーダーの学生にとって周知の事実だった。

できることなら、寧々子とて彼女からの案件は他の誰かに任せてしまいたかった。

しかし不運なことに、本案件で最も多くの情報を持ち、最も多くの利益を回収できるのが自分だといううのだから、もはや仕方がない。


「——だとすると、だ」

女が再び口を開く。並びの悪い歯が覗《のぞ》く。唾液で濡《ぬ》れた犬歯が照明を受けて鈍く光った。

「ストレングスのシマに忍び込んだ大馬鹿野郎が実はうちの人間で、アタシはそれを今の今まで知らなかった大マヌケだと、あんたはつまりそう言ってるわけかい？　なあ、白上《しらかみ》ちゃん」

「……我々の情報網をもってしても、この資料を集めるのは至難の業《わざ》でした。今回はただ、我々の方があなたよりほんの少しだけ運がよかった、そういうことかと思います」

「……久原《くはら》、京四郎《きょうしろう》、ね」

寧々子《ねねこ》のタブレットを手に取って、女はそこに映っている人物を睨《にら》んだ。

「学内では劣等生と認識されていた生徒です。ご存じないのも無理はないかと」

「知ってるよ。アタシの縄張りにいる奴《やつ》なら顔も名前も誕生日も、そいつが童貞か処女かも全部知ってる。傭兵とかいう大層な肩書きの割には役に立たねえから好きにさせていたんだが、まったくとんでもないことをしてくれたもんだ」

京四郎が起こした事件。ストレングスの学部寮にアカデミアの生徒が侵入した事実が知れ渡れば、ただごとでは済まない。最悪の場合、学部同士の全面抗争ということさえあり得る。

「……あなたは今後、彼をどのようにされるおつもりで？」

「そうさなあ、まずはディナーに誘うってのはどうだ？　この歴史的大マヌケに、新鮮な豚の糞《くそ》を腹いっぱい食わせてやる。そうすりゃあこいつも喜んで、アタシの話をよく聞いてくれるいい子になるだろうさ」

「……なるほど、それは恐ろしい」

京四郎の情報を売ること、それ自体に寧々子は罪悪感を覚えない。

売れるものがあるならば売る。商売という言葉に倫理や道徳の文字は含まれていない。

しかし、せめて相手が彼女でなければよかったのにと、あの青年の未来に、寧々子は少しだけ憐《あわ》れみを覚えた。

「また頼むぜ、白上ちゃん。面白いネタがありゃあ、こっちはいつでも言い値を払うさ」

「ええ、今後とも御贔屓《ひいき》に。アカデミア学部長代理・鮫島詠美《さめじまえいみ》様」

女が声を上げて笑う。軋《きし》んだ声で。

それを聞きながら、寧々子は思い知る。

この学園にいる限り、彼、久原京四郎にはもう、安息が訪れることはないのだと。

了

SCHOOL=PARABELLUM

才能ゼロの天才、ライブ感と自然体で生きる
カリスマママイペース美少女

・ARIMA FUUKA

有馬 風香

美術・ファッションモデル

所属：カルチュア
Vita brevis, ars longa.
学年：1年生

身長：162cm
体重：47kg

趣味　家族で旅行にいきます。湖で、雨でした。
特技　水を飲むやつ。いいみたいです、なんか。

若き天才の楽園と呼ばれる五才星学園に、なんの才能もないにも関わらず、
“容姿が優れている”というだけで入学を認められた少女、それが風香である。
そして、その……趣味・特技については、どうかツッコまないでいただきたい。
気持ちはわかる、みなまで言うな。何言ってんだこいつって思うよね。
風香ちゃん、こういう子なんです。悪気はないのよ？ とってもいい子なんです。
ほんと、なんていうか……あの、ごめんなさいね？

SCHOOL=PARABELLUM

体はミニマム級、しかし才能はヘヴィ級の
若き天才毒舌芸術家

・KIRISHIMA SAE

霧島 紗衣

芸術家

所属：カルチュア

Vita brevis, ars longa.

学年：1年生

身長：143cm

体重：38kg

趣味	料理
特技	掃除・アイロンがけ

143cmのミニマム級と侮るなかれ。絵画・彫刻どんとこい、ヘヴィ級の才能を体いっぱいに詰め込んだスーパーアーティスト、アトリエで絵筆を振り乱し、外へ出れば言葉の彫刻刀を振りかざす。まだ1年生でありながら個展の開催も決まっているという、五才星学園においても稀な才能の持ち主、それが彼女である。……え？ 個展に妨害の兆しあり？ 作品保管用の倉庫に時限爆弾が？ 引くわー。紗衣ちゃんも色々と大変ですね。ファイトー。

SCHOOL=PARABELLUM

善でも悪でも値札がつけば同じこと
艶やかに笑う商売人

・SHIRAKAMI NENEKO

白上 寧々子

仲介人

所属：トレーダー

学年：3年生

身長：167cm

体重：49kg

趣味	天体観測
特技	早口言葉

自らは何も作らず何も為さず、その上で最も多くの金貨を攫っていく気高きハイエナ、“商売の館”トレーダーに所属する優秀な商売人――と、
そんな風に言えばなんかかっこいい感じに聞こえるけれど、要するに倫理と道徳心を捨てたヤバい金の亡者である。

まあ、いいと思うよ？ 俺もお金大好きだし。日系アメリカ人だからね、俺。

武士は食わねど高楊枝とか言うけど、武士じゃなくて黒船側の人間だから。

資本主義バンザイ。でも日米修好通商条約は正直悪いことしたなって思います。

SCHOOL=PARABELLUM

笑顔の裏に秘めた猛毒
油断厳禁の策略家系アスリート

・YUKISHIRO MIYAKO

雪代 宮古

フィギュアスケーター

所属：ストレングス

mens sana in corpore sano.

学年：1年生

身長：157cm
体重：52kg

趣味	ノートの清書
特技	早起き

美しい光を浴びて踊る舞台の裏では、知略謀略の嵐が吹き荒れる現代スポーツ、フィギュアスケート。雪代こそは、人を魅了し時に惑わすフィギュアスケートが生んだある種の怪物と言えるだろう。愛らしい眼差し、蠱惑的な仕草、一挙一動が愛嬌に溢れ、そして何より──すごくいい匂いがする。
いや、待って、引かないで。仕方ないじゃない、俺だって思春期の男子だもの。
そういえば最近雪代とよく目が合うんだけど、もしかして雪代って俺のこと好きなの？

劣等生は世を忍ぶ仮の姿
昼行灯の誹りを堪能する歴戦の天才傭兵

・KUHARA KYOSHIRO

久原 京四郎

PMC社員

所属：アカデミア
学年：1年生

身長：186cm
体重：89kg

趣味	ボトルシップ作り
特技	ほとんど万能

父が役員を務める民間軍事会社ホワイト・ファルコンにて幼い頃から指導を受け、
勉学・戦闘・運動・芸事などあらゆる分野で頂点を極めた万能の天才、
それが俺、久原京四郎である。うむ、褒めろ。もっと称えろ。はい、ありがとうね。
父・京三郎の奸計により、日本の治安が終わったヤバい高校“私立五才星学園”に
潜入した俺は、憎き父へのストライキのため、潜入任務を放棄し、劣等生としての
誹りを受ける苦しい日々を送っているのである。
具体的には、学校をサボってヒトカラしたりネコの動画を見てるのである。超楽しい。

スクール＝パラベラム

SCHOOL=PARABELLUM

ガガガ文庫11月刊

死神と聖女 ～最強の魔術師は生贄の聖女の騎士となる～

著／子子子子《ねこじし》 子子子《こねこ》

イラスト／南方《みなかた》 純《すなお》

「死神」と呼ばれる暗殺者メアリと、自らの死を使命とする「聖女」ステラ。二人は出会い、残酷な運命に翻弄されてゆく。豪華絢爛な全寮制女子学園を舞台に繰り広がられる異能少女バトルファンタジー！

ISBN978-4-09-453156-5（ガね1-1）　定価957円（税込）

少女事案 炎上して敏感になる京野月子と死の未来を猫として回避する雪見文香

著／西《にし》 条陽《じょうよう》

イラスト／ゆんみ

雪見文香。小学五年生、クールでキュートな美少女で、限定的に未来が見える――そして何故か、俺の飼い猫。夏の終わりに待つ「死」を回避するためペットになった予知能力少女と駆ける、サマー×ラブ×サスペンス。

ISBN978-4-09-453160-2（ガに4-1）　定価836円（税込）

スクール＝パラベラム 最強の傭兵クハラは如何にして学園一の劣等生を謳歌するようになったか

著／水田《みずた》 陽《あきら》

イラスト／黒井《くろい》ススム

十代にして世界中を飛び回る〈万能の傭兵〉こと俺は現在、〈普通の学生〉を謳歌中なのであった。……いやいや、史上最高の傭兵にだって休暇は必要だろ？　さあ始めよう、怠惰にして優雅な、銃弾飛び交う学園生活を！

ISBN978-4-09-453161-9（ガみ14-4）　定価836円（税込）

衛くんと愛が重たい少女たち3

著／鶴城《かくじょう》 東《あずま》

イラスト／あまな

小動物系男子・衛くんは、愛が重たすぎる少女たちに包囲されている！　いろいろのり越えて、元アイドルの従姉・京子と相思相愛中!!　そしてついに、お泊まり温泉旅行!?

ISBN978-4-09-453163-3（ガか13-7）　定価814円（税込）

GAGAGA

ガガガ文庫

スクール=パラベラム
最強の傭兵クハラは如何にして学園一の劣等生を謳歌するようになったか

水田 陽

発行　2023年11月25日　初版第1刷発行

発行人　鳥光 裕

編集人　星野博規

編集　清瀬貴央

発行所　株式会社小学館
〒101-8001 東京都千代田区一ツ橋2-3-1
[編集]03-3230-9343 [販売]03-5281-3556

カバー印刷　株式会社美松堂

印刷・製本　図書印刷株式会社

Printed in Japan ISBN978-4-09-453161-9

第19回小学館ライトノベル大賞
応募要項!!!!!!!!!!!!!!!!!!!!!!!!!!!!!!

ゲスト審査員は田口智久氏!!!!!!!!!!!!

（アニメーション監督、脚本家。映画『夏へのトンネル、さよならの出口』監督）

大賞：200万円＆デビュー確約

ガガガ賞：100万円＆デビュー確約

優秀賞：50万円＆デビュー確約

審査員特別賞：50万円＆デビュー確約

スーパーヒーローコミックス原作賞：30万円＆コミック化確約
（てれびくん編集部主催）

第一次審査通過者全員に、評価シート＆寸評をお送りします

内容 ビジュアルが付くことを意識した、エンターテインメント小説であること。ファンタジー、ミステリー、恋愛、ＳＦなどジャンルは不問。商業的に未発表作品であること。
（同人誌や営利目的でない個人のWEB上での作品掲載は可。その場合は同人誌名またはサイト名を明記のこと）

選考 ガガガ文庫編集部＋ゲスト審査員 田口智久
（スーパーヒーローコミックス原作賞はてれびくん編集部による選考）

資格 プロ・アマ・年齢不問

原稿枚数 ワープロ原稿の規定書式【１枚に42字×34行、縦書き】で、70～150枚。

締め切り 2024年９月末日 ※日付変更までにアップロード完了。

発表 2025年３月刊『ガ報』、及びガガガ文庫公式WEBサイト GAGAGA WIREにて

応募方法 ガガガ文庫公式WEBサイト GAGAGA WIREの小学館ライトノベル大賞ページから専用の作品投稿フォームにアクセス、必要情報を入力の上、ご応募ください。
※データ形式は、テキスト（txt）、ワード（doc、docx）のみとなります。
※同一回の応募において、改稿版を含め同じ作品は一度しか投稿できません。よく推敲の上、アップロードください。
※締切り直前はサーバーが混み合う可能性があります。余裕をもった投稿をお願いします。

注意 ○応募作品は返却致しません。○選考に関するお問い合わせには応じられません。○二重投稿作品はいっさい受け付けません。○受賞作品の出版権及び映像化、コミック化、ゲーム化などの二次使用権はすべて小学館に帰属します。別途、規定の印税をお支払いいたします。○応募された方の個人情報は、本大賞以外の目的に利用することはありません。